VOLKMAR STEININGER

Die Bayerische Elsässerin

EIN ROMAN AUS DEM BAYERISCHEN WALD

SOCIETÄTSVERLAG

Schutzumschlaggestaltung: Katja Holst, Frankfurt
Satz: Nicole Proba, Societäts-Verlag
Druck und Verarbeitung: Bercker Graphischer Berieb GmbH, Kevelaer
Printed in Germany 2010

ISBN 978-3-7973-1239-6

in Erinnerung an
Helga Steininger

Prolog

Der Erste Weltkrieg war vorbei.

Deutschland hatte Elsass-Lothringen in der Erfüllung des Versailler Vertrages wieder an Frankreich abgetreten. 1922 waren gemeinnützige Siedlergenossenschaften gegründet worden, um den Strom an vertriebenen Elsass-Lothringern aufzufangen. Wer Glück hatte, kam bei Bekannten oder Verwandten unter.

So erging es auch der 18-jährigen Monique, deren Eltern vor Kurzem verstorben waren. 1923 kam sie auf einem Einödhof, dem Mayerhof, in der Nähe von Viechtach im Bayerischen Wald unter. Bei ihrem Onkel und ihrer Tante sollte ein neues Leben für sie beginnen.

1. Kapitel

Morgendämmerung! Ein trüber, verregneter Spätsommertag begann. Es schüttete wie aus Kübeln.

Ein Rehbock, aufgescheucht durch das heftige Regengeprassel, huschte in den ihm Schutz bietenden Wald. Und weg war er – nicht mehr gesehen.

Auf dem Mayerhof sah es ähnlich aus. Immer stärker regnete es aus dem dunklen, stark bewölkten Himmel herab, und zusätzlich setzte ein Wind ein, der über den Hofinnenraum fegte. Fast wurde der bunt gefiederte italienische Hahn von seinem Haufen geweht, er krähte und stemmte sich in seiner Hahnespracht den Böen entgegen und gab dabei eine aberwitzige Figur ab in seinem Stolz. Allzu viele Stürme dieser Art hatte er wohl noch nicht zu sehen bekommen. Er war ja auch noch gar jung, der Kleine, der betröpfelt aber stolz die Stellung hielt.

Alt und grau dagegen erschien die Holzfassade der Stallung – wie lange mochte sie wohl noch halten? Das Holz war über Jahre der Witterung ausgesetzt gewesen und immer wieder nur mit dünnen und dicken Nägeln notdürftig repariert und fixiert worden, hineingetrieben in die Bretter, die den Stall grob aufrecht halten sollten, einzig dem Zwecke dienend: Hauptsache irgendwie zusammenhalten. Dieses Lüftchen würde sie schon noch schaffen, damit das laute Innenleben den vertrauten Schutz erfuhr. Die Kühe dankten es ihr mit lautem Muhen.

Die Stalltür wurde aufgeschubst, und das Erste, was im Hof zu sehen war, waren zwei schwere, alte, blecherne Milchkannen, die von zwei zarten Mädchenhänden getragen wurden. Mit einem gezielten Fußtritt gelang es dem

Persönchen, die Tür hinter sich zu schließen. Dem Persönchen fiel es schwer, die Milchkannen zu tragen, und es stöhnte deswegen ein bisschen. Ihr Gesicht war kaum zu sehen, denn ihr geblümtes Kopftuch, das ihr Schutz vor dem widrigen Wetter bot, verhüllte sie geschickt. Und die verschmutzte Arbeitsschürze machte die junge Frau auch nicht gerade ansehnlicher.

Sie musste wirklich viel Kraft aufwenden, damit die Kannen sie nicht nach unten zu Boden drückten. Aber das schaffte sie. Nachdem sie ein paar Meter weitergegangen war, wuchtete sie die beiden Milchkannen in einen kleinen hölzernen Leiterwagen. Das Persönchen nahm nun die lange Lenkstange des Wagens, der quietschte, als würde er sie begrüßen, doch es war nur der Rost an den Achsen, und sie begann ihn zu ziehen.

Der Regen hatte nachgelassen, doch der Himmel war immer noch wolkenverhangen. Ein sumpfartiges „Pflapf" bei jedem Schritt und das Quietschen des halbeingerosteten Leiterwagens waren zu hören, als Monique, denn um sie handelte es sich, mit ihren zwei schweren, ledernen braunen Stiefeln – wohl drei Nummern zu groß für ihre Füße – tapfer durch den Matsch des aufgeweichten Feldwegs stapfte. Ihre zarten Hände hielten die kreuzförmige Lenkstange des Leiterwagens fest umklammert.

An der Kreuzung mit einem breiteren Feldweg blieb Monique stehen. Sie atmete tief durch, um zu verschnaufen. Endlich kam die Sonne hervor. Nur vereinzelt fielen noch Regentropfen zu Boden.

Das elsässische Mädchen blickte gen Himmel und genoss die unerwartet einsetzenden Strahlen der Sonne. In ihrem Gesicht schienen sich die wenigen Sonnenstrahlen förmlich zu bündeln und zu reflektieren, als sie das Kopftuch lockerte und es abnahm. Etwas verträumt öffnete sie ihren Haarzopf, und ihr langes dunkles Haar wellte sich herab. Sie warf es rasch nach hinten. Ein trotz der Schürze wunderschönes Mädchen – eigentlich schon eine Frau mit ihren achtzehn Lenzen – kam zum Vorschein.

Plötzlich war aus dem Hintergrund Pferdegetrappel zu hören, übertönt noch vom Klappern des Pferdegeschirrs. Eine Kutsche kam in Sicht und näherte sich rasch. Als das Gefährt Monique erreicht hatte, sprach der Kutscher sie an. Es war der Milchfahrer von Viechtach und Umgebung.

„Ho!", befehligte er Richtung Pferd, welches aufs Wort gehorchend anhielt. Es war ein schwerer robuster Kaltblüter, der vor einen Pferdefuhrwagen gespannt war. Auf dem Wagen standen mehrere Milchkannen, und auf dem Kutschbock saß der Milchfahrer, in grauem Mantel, den Kragen hochgeschlagen, und mit einem alten zerknautschten Hut auf dem Kopf.

„Und, sind wir wieder recht fleißig, Monique?", sprach er das Mädchen an. „Hast heute schlechtes Wetter mitgebracht!"

Monique schmunzelte, wollte sich ihr Lächeln aber nicht anmerken lassen. Der Kutscher stieg ab, lächelte Monique an und holte die Milchkannen vom Leiterwagen. Dann stieg er mit den Kannen den Kutschbock hoch und füllte die erste in eine leere von ihm um.

Monique beobachtete den Milchfahrer dabei. Auf die Frage von ihm, ob sie denn wieder mal alle Kannen hatte allein schleppen müssen, antwortete sie schlicht mit einer Gegenfrage: „Nimmst du mich mit nach Viechtach?"

Der Milchfahrer nickte und füllte die zweite Milchkanne um. Dann zeigte er auf den Leiterwagen und war gerade im Begriff, etwas zu sagen, als ihn Monique doch etwas frech und ziemlich selbstbewusst unterbrach: „Der wird schon nicht von selbst davonrollen."

Also reichte er die beiden leeren Kannen zu Monique hinunter, die sie fröhlich und schwungvoll in den Leiterwagen stellte. Der Milchfahrer lud sie zudem ein mitzukommen mit den Worten: „Na, dann rauf mit dir!“

Er reichte ihr die Hand und half ihr, nach vorne auf den Pferdefuhrwagen zu steigen. Monique saß nun neben ihm, wohin würde denn die Reise gehen? Sie würde es schon wissen.

Er nahm die Zügel fest in die Hände, und mit einem lauten „Hü“ von ihm ging es los. Er versetzte das Pferd in den Trab. Es hatte zu regnen aufgehört, und Moniques Haar flatterte im Wind. Der Milchfahrer lächelte gelegentlich zu ihr hinüber. Doch Monique hatte nur Augen für die Umgebung, denn gerade fuhren sie an der Teufelsmauer vorbei, der größten Erhebung des Großen Pfahls in Viechtach. Das einzigartige Naturdenkmal des Bayerischen Waldes, das vor 275 Millionen Jahren entstanden war, ragte majestätisch vor ihren Augen empor. Wie eine uneinnehmbare Festung stand es da, aus milchigweißem, teils auch hellgrauem Quarzgestein. Monique riss ihre Augen weit auf, war sichtlich bewegt und zugleich mächtig beeindruckt von diesem erdgeschichtlichen Wahrzeichen.

Der Milchfahrer lächelte und beobachtete Monique.

„Wunderschön, nicht wahr? Wenn ich zwanzig Jahre jünger wäre...“

Monique wandte sich ihm zu und schaute ihn nun doch etwas neugierig aufgrund dessen Bemerkung an.

„Was wäre dann?“

Der Milchfahrer schluchzte ein wenig: „Ach ... schönes Elsässermädel...“ Etwas verlegen blickte er zu ihr hinüber: „So ein fesches Mädel wie du, obendrein fleißig, anständig...“

Monique schien jedoch unbeeindruckt von seinen Ausführungen über ihre Person zu sein; was sie faszinierte, war vielmehr die Einzigartigkeit dieser Gegend, der kleine spontane Ausflug, und deswegen entgegnete sie ihm: „Ja, dann wärst du zwanzig Jahre jünger. Schade.“

Der Milchfahrer war erstaunt und fragte nach, warum das schade wäre.

„Ja, dann würden wir uns ja nicht kennen und wir wären uns nie begegnet, weil ich noch gar nicht auf der Welt wäre", meinte sie.

Jetzt musste er lachen und schüttelte den Kopf: „Ja, da hast du recht!"

Und er befahl dem Pferd zu halten und wandte sich wiederum Monique zu, in der Hoffnung, diesmal mehr Beachtung zu finden: „Du, ich war schon mal in deiner Heimat! Hab ich dir schon davon erzählt?"

Worte, die Moniques Aufmerksamkeit erregen konnten. Mit großen Augen sah sie ihn nun an und fragte nach: „Etwa in Colmar? Meinem Heimatort. Dem Kleinvenedig…?"

Ausgerechnet jetzt fiel ihm der Name der Stadt nicht ein, in der er gewesen war, obwohl er ihm auf der Zunge zu liegen schien. Sie stocherte nach: „Mühlhausen, Thann, Rappoltsweiler?"

Hierauf der Milchfahrer: „Ist egal. Auf jeden Fall wunderschön war's bei euch! Romantische Burgen und Schlösser, und ein exzellenter Wein!"

So gelang es ihm, Moniques Gesicht zum Strahlen zu bringen, und sie lächelte in der Erinnerung an ihre Heimat.

„Wir haben hier aber auch Burgen wie die Kollnburg oder Neunussburg, die musst du mal besuchen!", schwärmte er ihr vor.

Monique nickte – doch ihr Blick verdüsterte sich und wurde melancholisch, als der Kutscher unbedacht nachlegte: „Freundliche Leute, die Elsässer. Das war noch vor dem Krieg, als ihr noch deutsch wart und nicht französisch."

Monique hielt kurz inne, berührt, bewegt, etwas in ihr begann zu brodeln, tief aus ihr herauszubrechen – und es brach auch aus ihr heraus, und das ziemlich laut: „Für euch sind wir Franzosen und für die Franzosen sind wir Deutsche!"

Auf dem Mayerhof brach derweilen aufgrund von Moniques Verschwinden sichtlich Unruhe aus. Begleitet vom lauten Muhen der Kühe riss die Bäuerin höchstpersönlich – sie war um die fünfzig Jahre alt, trug abgenutzte Arbeitskleidung und ähnlich wie Monique ein Kopftuch, allerdings in Grau – hektisch die Stalltür weit auf und schrie laut hinein: „Monika! Monika! Ja wo ist sie denn wieder!"

Keine Antwort. Die Bäuerin schüttelte angefressen und sichtlich angewidert über ihre Nichte den Kopf. Wütend wie ein Orkan knallte sie die Stalltür laut hinter sich zu: Als hätte Monika, wie sie sie immer nannte – entweder weil sie nicht anders konnte oder weil sie einfach nicht mochte –, eine fürchterliche Freveltat begangen.

Der Stundenzeiger an der Uhr des Kirchturms der Stadtkirche in Viechtach, den man auch den Dom des Bayerischen Waldes nannte, zeigte bereits auf die Zehn. Glockenschlag! Monique schlenderte durch die Straßen. Die Sonne linste nun aus den Wolken hervor. Monique verharrte an einer Stelle, von wo aus sie ihre neugierigen Blicke in die Ausstellungsfenster eines Kleiderladens werfen konnte, in welchem vorwiegend Dirndlkleider und Trachten geführt wurden.

Schon war sie drin, im Laden verschwunden.

Schöne Stoffe, ja ganze Stoffballen lagerten in den dunkelbraunen Regalen. Monique ließ ihre Blicke über die Regalreihen schweifen. Fein säuberlich waren hier die aufgerollten Stoffballen in den unterschiedlichsten Farben aufgereiht. Am Ladentisch, der die gleiche dunkle Holzfarbe wie all die Regale hatte – dunkel, rustikal, beständig eben –, stand eine Frau, wohl Besitzerin und Verkäuferin zugleich.

Monique, sehr beeindruckt von all der Pracht, starrte die Besitzerin mit weit aufgerissenen Augen sprachlos an. Eine alte Frau, die wie eine morsche, knorrige Linde wirkte, kam ihr aus den Tiefen des Geschäftes entgegen, starrte sie misstrauisch an, öffnete die Tür und verließ den Laden mit den Worten: „Lasst sie nur schön alle zu uns rein!"

„Wiederschauen, Frau Eder!", wurde sie von der Besitzerin des Ladens freundlich verabschiedet.

Monique ging auf den Ladentisch zu, wo sich die Verkäuferin auch ihrer annehmen sollte.

„Grüß Gott!" Ein Gruß, den die Elsässerin schon in Perfektion beherrschte, wie so manches andere.

Als die Besitzerin höflich ihren Gruß erwiderte, schoss Monique auch schon los, als wäre sie schon immer Kundin hier gewesen: „Was habt ihr an neuen Stoffen reinbekommen?"

„Wofür soll es denn sein?"

„Na, für ein Dirndl", antwortete Monique etwas ungeduldig.

„Warten Sie mal!"

Die Verkäuferin drehte Monique den Rücken zu und schaute bei den Holzregalen nach. Monique zog kurz die Augenbrauen hoch und atmete einmal kräftig tief durch. Mit einem gekonnten Handgriff holte die Verkäuferin sogleich einen rosafarbenen, feinen Stoffballen heraus. Sie drehte sich wieder Monique zu und hielt ihr den Stoffballen zum Begutachten vor die Nase.

„Schauen's her! Das gibt ein schönes Dirndl!"

Die Besitzerin breitete den Stoff nun auf den Ladentisch aus. Monique ihrerseits fasste ihn mit prüfendem Blick an. Ihre zarten Hände streichelten über den sanften Stoff.

„Na ja… Hm…“, überlegte sie.

Die Verkäuferin reagierte sofort und legte ihr noch ein paar Stoffe vor. Doch Monique zauderte.

Dann fiel ihr Blick plötzlich auf einen grünen Stoff im Holzregal direkt vor ihrer Nase. Sie musste einfach auf ihn deuten: „Und der?“

Die Verkäuferin drehte sich wieder um und griff nach dem gewünschten Ballen: „Der hier?“

Monique, wieder etwas ungeduldig: „Genau der!“

Die Verkäuferin zog den Ballen heraus und legte ihn neben die anderen auf den Ladentisch. Monique fasste diesen Ballen ebenfalls an, um ihn an der Haut zu spüren.

Die Verkäuferin sah sich bestätigt über die Erstklassigkeit ihrer Ware: „Sehen Sie, erste Ware!“

Monique fragte etwas zaghaft, wie viel der Stoff denn koste, und es kam die Antwort, die sie erwartet hatte: dass er nicht billig sei.

Monique nutzte, schlau wie sie war, aber noch die Gelegenheit und strich mit ihrer Hand noch einmal kennerhaft über den Stoff, um anschließend die anspruchsvolle Kundin zu mimen: „Ach, ich muss es mir noch überlegen. Ich schau' nächste Woche wieder vorbei und geb' Ihnen dann Bescheid.“

„Kann aber sein, dass er nächste Woche bereits weg ist“, wollte die Ladenbesitzerin noch sagen, doch Monique verließ bereits schnellen Schrittes das Geschäft: „Ja, macht nichts! Wiedersehn!“

Kaum hatte Monique die Ladentür hinter sich geschlossen, musste sie stehen bleiben. Denn eine ihr bekannte junge Frau türmte sich frontal vor ihr auf. Monique war perplex, denn es handelte sich um eine gleichaltrige Freundin aus ihrer Heimat namens Petra. Sie trug bereits ein schönes Dirndlkleid und schrie ihr gleich schrill ins Ohr: „Monique?“

Diese, doch sehr überrascht: „Ja, Petra! Grüß dich!"

„Wie geht's dir denn, Monique?"

Monique zögerte kurz: „Gut, ja, gut. Wie kommst denn du hierher?"

Und schon plapperte Petra drauflos: „Ja, wo die Liebe hinfällt. Durch meinen Verlobten, der ist Beamter. Ja, ja, Glück muss man haben! Es gibt immer viel zu tun und vor allem viel Arbeit. Stimmt's? Ja, bei mir ist es das Gleiche. Lange haben wir uns nicht mehr gesehen. Ich glaube seit der Beerdigung deines Vaters. Stimmt's?"

Bei diesen unbedachten Worten legte sich sichtlich Betroffenheit auf Moniques Herz, und ein leises „Ja" und ein noch leiseres „Petra" waren die Folge.

Als Petra endlich ihren Fauxpas bemerkte, wechselte sie rasch das Thema mit der nächsten piekenden Frage: „Gehst du eigentlich auch heut' aufs Schützenfest?"

Monique antwortete kleinlaut: „War ich noch nicht... ich meine... ich weiß es noch nicht..."

Petra aufgewühlt: „Warum weißt du das nicht? Du musst hin! Wird dir sicher gefallen!"

Die Bäuerin steckte noch in ihrer Arbeitskleidung und hatte soeben den borstigen Besen gegen den grünen Kachelofen geworfen. Verärgert krempelte sie die Ärmel hoch. Ihr Blick fiel auf die Bauernstube. Der Holzboden war neu, eine schöne alte Holzdecke, Holzvertäfelung an den Wänden und ein Kruzifix, das sich von der Eckbankecke etwas fürsorglich anmutend ins Zimmer neigte.

Albert, der Knecht, kam herein. Er hatte die Türklinke noch in seiner Hand und wusste gar nicht, wie ihm geschah, da fuhr ihn die Bäuerin schon an: Wo Monique denn wieder nur bleibe, ob er sie gesehen habe, denn sie würde sie nirgends finden können. Die Arme in die Hüften gestützt, legte sie los mit einem Temperamentsausbruch, der seinesgleichen suchte.

Ein sehr kleinlauter und leiser Knecht stand ihr gegenüber: „Ja, ich hab' sie gesehen", sagte Albert, „wie sie mit dem Milchfahrer mitgefahren ist…"

„Aha, ins Dorf runter also. Lässt einfach die Arbeit liegen, der französische Schlampen! Wenn ich das machen würde... Weit würden wir da kommen!"

Wutentbrannt ging sie auf den Kachelofen zu und griff sich den Besen.

„Um den ganzen Hof würden wir da kommen! Und im Dreck müssten wir ersticken! Komm, Albert, schau, wo sie sich rumtreibt! Geh! Und hol sie!", befahl sie ihm in herrischem Tonfall.

„Zu Fuß? Der Bauer hat aber gesagt, ich muss noch..."

Doch die Bäuerin ließ ihn nicht ausreden: „Du gehst jetzt und holst sie! Nimm's Fahrrad!"

Der Knecht nickte mit dem Kopf und schloss schnell die Tür hinter sich, während die Herrin des Hofes nun begann, ein Selbstgespräch zu führen, während sie die Asche vor dem Kachelofen zusammenfegte, dass es nur so staubte: „Das ist nun der Dank dafür, dass wir sie nach dem Tod ihrer Eltern bei uns aufgenommen haben! Wo wäre sie denn jetzt?"

Nachdenklich lehnte sie den Besen wieder an den Kachelofen.

Die Hühner im Hof flatterten davon, als sie das laut klappernde Rad, auf dem Albrecht saß, hörten. So schnell er konnte, sauste er an ihnen vorbei. Doch dann zwang ihn sogleich ein unüberwindliches Hindernis zur Vollbremsung, denn vor ihm tauchte Hilde, die Magd des Hofes, auf.

Das ganze Rad quietschte laut, nur Hilde nicht, sie blieb stehen und starrte Albert an. Die Intelligenz sah ihr nicht aus den Augen. Sie musste diese wohl anderswo im Körper gut versteckt haben. Dieser schien dafür genügend Platz in ihrer Oberweite zu bieten.

Albert schrie sie an, denn sie blieb vor ihm stehen und versperrte ihm den Weg – und dafür war nun wirklich keine Zeit: „Ja, schau gefälligst, wo du hinläufst!"

Sie hingegen verteidigte sich damit, warum er auch so schnell fahren müsse. Und neugierig fragte sie ihn auch, wohin er denn müsse.

Albert hatte nun wirklich keine Geduld, auch noch näher auf Hildes Fragen einzugehen, sodass er nur kurz antwortete: „Immer ich! Ich bin doch immer der Dumme!" Und dann fügte er noch leise hinzu: „Abgesehen von dir natürlich..."

Doch Hilde gab sich damit nicht zufrieden. Sie überhörte seine unfreundliche Bemerkung und fragte ihn kurz und knapp: „Warum?"

Etwas ungeduldig und genervt entgegnete Albert ihr: „Jetzt muss ich Monika suchen! Das ist ja wahnsinnig einfach! Das ist ja beinahe fast so leicht, wie eine Nadel im Heuhaufen zu suchen."

Und Hilde weiter: „Warum musst du Monika mit der Nadel im Strohhaufen suchen?"

Der Knecht brachte zunächst lediglich ein grobes und kurzes „Ha?" heraus. „Monika im Strohhaufen suchen? Ach, Stroh hast höchstens du im Kopf!"

Das hatte sie nun doch gehört. Mehr als ein eingeschnapptes „Oh!" kam ihr aber nicht mehr über die Lippen, denn das dünne, alte Kreuzfenster des Wohnhauses wurde in diesem Moment aufgerissen, und die Bäuerin blickte wütend auf ihre Bediensteten hinab. Sie brüllte: „Ja, was steht denn ihr da so blöd rum? Hilde, du gehst sofort wieder an deine Arbeit! Und du, Albert, suchst sofort Monika!"

Hilde lief augenblicklich weg, und Albert hatte endlich wieder freie Bahn. „Ja, Bäuerin, tu' ich schon", rief er und stieg aufs Rad.

Das Wetter in Viechtach war stabil geblieben. Die Regenwolken hatten sich verzogen.

Monique stand immer noch mit Petra da und konnte deren Belagerungsring aus Quasselei nicht durchbrechen. Sie nickte nur noch bei allem, was Petra von sich gab, um so schnell wie möglich von ihr loszukommen.

Endlich kam Monique einmal zu Wort: „Ich weiß noch nicht, ob ich weg kann und ob man mich überhaupt weglässt..."

Moniques Gesichtsausdruck sprach Bände, wie genervt und überfordert sie war von ihrer alten Freundin, die so glückselig in ihrer Ehe schien, mit einem Mann, der nach Petras Angaben schlicht großartig und liebevoll war. Und Petra hörte einfach nicht auf zu reden, und den Fluchtweg hatte sie ihr auch noch verstellt.

Als Monique an Petra vorbeisah, gelang ihr ein kurzer Blick auf die gegenüberliegende Straßenseite, und sie entdeckte zwei junge Männer, die sich gerade unterhielten und ihrerseits neugierige Blicke herüberwarfen. Während Petra gerade noch einmal nachstocherte, wieso denn Monique nicht wegdürfe aufs Schützenfest, wo doch alle aus Viechtach und Umgebung da sein würden, setzte Monique dem Gespräch ein jähes Ende: „Du, ich muss jetzt weiter. Ich schau' mal! Es war jedenfalls schön, dich wiedergesehen zu haben." Sie lächelte recht freundlich dabei – wie es sich gehörte –, ging an Petra vorbei und nahm auf diese Weise Reißaus.

Die zwei jungen Männer unterhielten sich noch, und ihre Blicke richteten sich soeben auf Monique, der es auf der anderen Straßenseite gerade gelungen war, Petra hinter sich zu lassen. Die beiden waren der gut aussehende Fritz Schwaiger – Sohn eines Sägewerkbesitzers aus dem Ort – und sein bester Freund Max. Fritz trug eine besonders schöne Tracht, die jedem verriet, dass er nicht gerade arm war.

Max wollte ihn auf Monique aufmerksam machen und fragte ihn, ob er denn die Kleine da drüben kenne, doch Fritz kam nur ein nachdenkliches „Nein“ über die Lippen. Er starrte nur noch verträumt Monique nach.

Als er dessen Blick bemerkte, stieß Max Fritz an: „Schaut nicht schlecht aus, Fritz.“

Noch ein kurzer Rempler von Max, und Fritz wachte wieder auf, begann zu grinsen und setzte sich, ganz begeistert von Monique, in Bewegung. Den letzten Satz der anderen jungen Frau, die so viel quasselte, schnappte er gerade noch auf: „Vielleicht sehen wir uns ja heute Abend!“, woraufhin ihr das schöne Mädchen leichthin über die Schulter zurief: „Kann schon sein!“

Kurze Zeit später stand Monique voller Tatendrang vor dem Kramerladen und durchwühlte ihre Schürzentasche auf der Suche nach ein paar alten Markstücken. Nicht weit von ihr entfernt hielt gerade Albert, der Knecht des Mayerhofes, mit dem Rad bei der Dorfkirche an.

Er schnaubte tief durch; da sah er spielende Kinder an sich vorbeilaufen. Vom Fahrrad aus drehte er sich geschwind zur Seite, beugte sich nach vorne und hielt das letzte Kind – einen Buben in kurzer Lederhose – am Träger fest. Er schnauzte den Jungen an:

„Habt ihr ein Mädel gesehen? Achtzehn Jahre...“

Der Bub presste kurz „Nein, hab' ich nicht!“ hervor, riss sich los und lief den anderen Kindern hinterher, worauf Albert ein lautes und unüberhörbares „Kruzifix!“ entfuhr.

Derweil suchten doch schon wieder Moniques zarten Hände nach etwas... In der einen Hand hielt sie aber nun eine Schere und in der anderen Hand einen Laib Brot. Beides hatte sie mit ihrem Geld beim Kramer eingekauft. Wie stolz sie war, als sie sich vom Laden entfernte!

Monique ging nach rechts ein paar Schritte weiter, betrachtete noch einmal ihr Brot, und mit der anderen Hand testete sie schnipp-schnapp die Schere. Da tauchten, während sie auf den gepflasterten Boden blickte, doch nach bereits ein paar Schritten gestandene Männerbeine direkt vor ihr auf, die an einem hölzernen Jägerzaun lehnten, und eine jugendliche Männerstimme, die womöglich zu den Beinen gehörte, sprach sie, die Elsässerin, kurz nach ihrem Großeinkauf an. Es war Fritz Schwaiger, der Sägewerkssohn. Er ging die Sache also gleich an, und das auf seine freche, provokativ unerschrockene direkte Art: „Na, passt alles?"

Monique blieb stehen und betrachtete kurz die Männerbeine und den, der da noch dran war. Sie erblickte einen jungen, gut aussehenden Mann, der mit verschränkten Armen rechts vor ihr am Jägerzaun lehnte und sie schelmisch angrinste. Monique tat nun so, als würde er sie nicht im Geringsten interessieren, und ging geradewegs an ihm vorbei, ohne ihn auch nur anzuschauen – so, wie es sich geziemte.

Fritz hingegen musterte Monique genau, schwang sich lässig vom Jägerzaun und marschierte ihr hinterher. So versuchte er ein Gespräch mit ihr zu beginnen. Monique drehte sich aber nicht zu ihm um.

„He, hübsches Mädel!", sagte Fritz.

Monique tat so, als hätte sie ihn nicht gehört.

Nur weiter, dachte sich wohl Fritz und ging sie anders an: „Wem gehörst denn du?"

Immer noch keine Reaktion, geschweige denn eine Antwort von Monique. Sie beachtete ihn nicht und ging zügig weiter. Und Fritz ihr hinterher.

„Bist du zu stolz oder kannst du nicht reden?“

Monique hob den Kopf an und ging schneller. Fritz hingegen wurde noch frecher und vor allem noch neugieriger.

„Na, was trägst du denn da?“

Monique: „Das geht dich nichts an.“

Endlich eine Antwort, und wenn sie noch so forsch ausfiel. Sie waren ins Gespräch gekommen, wenn man das so bezeichnen durfte, aus Fritz' Sicht war es das. Und es könnte ja noch ein sehr interessantes Gespräch werden.

Denn sie fuhr fort: „...neugieriger Kerl!“

Taktikänderung. Er tat so, als wäre er erstaunt: „Du kannst ja sprechen!“

„Schwubekopf!“, entgegnete sie ihm. Ein elsässisches Schimpfwort, was so viel hieß wie Schwabenkopf und eine Bezeichnung war für alle, die östlich des Elsass lebten. Doch Fritz schien dieses Wort nicht geläufig zu sein.

„Ha? Schwu-was?“

Monique ging stur weiter.

„Hast du's gestohlen? Weil du gar so geheimnisvoll tust.“

Monique ging weiter und versuchte, ihn nicht mehr zu beachten, sondern schlicht zu ignorieren. Fritz hingegen ließ nicht locker, schließlich amüsierte sie ihn, und vor allem gefiel sie ihm. Deswegen versuchte er jetzt fast zu ihr aufzuschließen, doch Monique war ein schnelles Mädchen. Aber Fritz wollte nicht lockerlassen.

„Ja, ja, so wird's vermutlich sein. Lass mal schauen!“

Dabei lachte er, um zusätzlich Aufmerksamkeit zu erregen.

„Ha ha, eine Diebin also.“

Jetzt blieb Monique stehen. Sie drehte sich um, um ihm eine Ohrfeige zu verpassen, denn dies war nun doch zu viel. Sie holte aus – doch Fritz wehrte den Schlag locker mit der Hand ab. Die Schere und das Brot fielen zu Boden. Sie blickte zu Fritz auf und musste nun in seine Augen gucken. Und ihre Wut verwandelte sich allmählich in ein sanftes Lächeln.

Jetzt sollte Monique Fritz' charmante Seite kennenlernen. „Der Schwu-wekopf da – sollte das eine Beschimpfung sein? Ich dachte schon, du würdest dich nie umdrehen“, sagte er und sah sie freundlich an.

Doch plötzlich ertönte die Stimme des Knechts, Albert, der sie endlich aufgespürt hatte und ihr nachgelaufen war.

„Monika, du sollst sofort heimkommen, hat die Bäuerin gesagt!“, richtete er ihr etwas widerstrebend aus.

Monique jedoch hatte nur noch Augen für Fritz und überhörte Albert. Hatte sie sich verliebt, und das sozusagen auf den ersten Blick?

Albert forderte sie nochmals auf: „Monika, hörst du? Du sollst sofort heimkommen!“

Dabei packte er sie an ihrem noch freien Arm, denn die Hand des anderen Arms hielt immer noch Fritz fest, der sie plötzlich fragte: „Wer ist denn er? Soll ich ihn aus seiner Jacke stoßen, damit er dich in Ruhe lässt?“

Monique hatte sich noch nicht einmal zum Knecht umgedreht, so gebannt war sie von Fritz, und sagte geistesabwesend: „Ich komme schon.“

Langsam wandte sie sich nun Albert zu, der aber gerade die Schere vom Boden aufhob. Schnell nutzte sie die Gelegenheit, sich nochmals zu Fritz umzudrehen, ihn noch einmal anzuschauen. Ja, und auf einmal flog ihr Blick zu Fritz, ihm direkt in die Augen.

Dann musste sie weg. Fritz war kurz sprachlos und starrte ihr hinterher.

Der Knecht und Monique entfernten sich immer weiter, doch sie blickte sich noch mehrmals kurz zu Fritz um – sie konnte nicht anders als immer wieder diesen arroganten jungen Mann anzuschauen.

Wo war nun Fritz' Taktik geblieben? Er wirkte eher etwas perplex als arrogant und jetzt mehr hilflos als frech und provokant. Dennoch schien er glücklich zu sein. Als er endlich wieder einen klaren Gedanken fassen konnte, schrie er ihr nach:

„Monika, wer bist du? Wo..."

„Ich bin die Monique vom Mayerhof!", hallte es fröhlich wieder.

Fritz strahlte und lächelte.

Die Sonne war nun gänzlich aus den Wolken herausgekommen. Sie stand im Zenit. Wider Erwarten war es ein schöner Frühherbsttag geworden. Der Boden des Feldwegs war nicht mehr so aufgeweicht, nur das quietschende Fahrrad störte etwas die Idylle.

Albert schob das Rad neben Monique her. Das Brot und die Schere waren im Gepäckträger eingespannt. Monique war nun bester Laune, und mit einer Haarnadel machte sie sich wieder ihren Haarzopf fest.

Albert fragte sie verdutzt, wer denn das vorhin gewesen sei. Noch in Gedanken an Fritz antwortete Monique ihm, sie wisse es nicht.

„Was wollte der von dir?", ließ Albert nicht locker.

„Ach, sei doch still! Und wenn er etwas von mir gewollt hätte... Dich ging's bestimmt nichts an", entgegnete sie ihm daraufhin etwas forsch.

Albert stimmte diese Antwort etwas traurig. So murmelte er nur noch: „So, aha!"

Er sah zu Boden und machte ein trauriges Gesicht. Monique bemerkte dies, blieb kurz stehen und sah ihn an. Da musste ihr doch wieder ihr altgermanischer Dialekt über die Lippen kommen, den sie eigentlich ablegen sollte, als sie Alberts trauriges Gesicht sah: „Guck jetzt net so trürig, Albert! Komm, ja natürlich geht es dich was an."

„Warum?", bemerkte Albert. „Bin doch nur der Knecht!"

Monique lächelte ihn darauf freundlich an: „Weil du mein bester Freund bist, oder etwa nicht?"

Nun grinste auch Albert wieder.

„Aber sag mir lieber... wie ist die Stimmung auf dem Hof?"

„Ja, die Bäuerin ist stinksauer wegen dir. Wenn der Besen schon durch die Stube fliegt... Du hättest nicht während der Arbeit abhauen sollen. Warum bist du eigentlich ins Dorf, ohne Bescheid zu sagen?"

„Ich hatte meine Gründe", bekam Albert von der kleinen, aber stolzen Elsässerin zur Antwort.

2. Kapitel

Der Bauer, Hans Mayerhofer, fuhr gerade mit seinem Pferdefuhrwagen, einem Einspänner, in den Hof seines Anwesens ein. Laut klirrte das Pferdegeschirr, und der Wagen holperte etwas.

Nachdem er die Wohnstube betreten hatte, ging er sogleich Richtung Eckbank. Der Holzboden knarrte unter den Stiefeln des Bauern. Er riss sich den Mantel und den Hut ab. Dann sah er die Bäuerin auf der Eckbank sitzen, die auf den leeren Tisch starrte. Nun hängte der Bauer leise und sacht seinen Mantel und den Hut auf die Haken der Garderobe neben dem Kachelofen. Die Bäuerin starrte immer noch stumm auf den Tisch.

Der Bauer ging langsam, etwas vorsichtig, auf den Eckbanktisch zu. Die vielen Ehejahre hatten ihm die Eigenarten seiner Frau vermittelt, und er wusste folglich, wann mit ihr nicht gut Kirschen essen war – und das war ziemlich oft der Fall.

„Was Monika sich heute wieder geleistet hat! So geht es nicht weiter!“, stieß sie plötzlich hervor und warf nun einen strengen Blick auf ihren Gatten.

Etwas genervt setzte sich der Bauer auf einen Stuhl am Tisch.

„Was war denn?“

Die Bäuerin schaute ihm ins Gesicht: „Unter der Arbeit ist das Luder einfach nach Viechtach verschwunden!“

Der Bauer kommentierte dies lediglich mit einem zögerlichen „Aha“.

Dieses „Aha“, wie er es nannte, das konnte sie natürlich nicht so stehen lassen: „Aha, mehr hast du nicht zu sagen als aha? Das ist also der Dank dafür, dass wir sie nach dem Tod ihrer Eltern bei uns aufgenommen haben?"

„Du redest von der Tochter meines Bruders und meiner Schwägerin. Als ihr Onkel war ich doch dazu verpflichtet, sie nach dem Tod ihres Vaters aufzunehmen. Wo hätte sie denn hin sollen?"

„In eine dieser gemeinnützigen Siedlergenossenschaften, nahe Frankreich, ihrer Heimat", warf sie trocken ein.

„Du vergisst, ihre Heimat ist das Elsass. Und dort kann sie nicht bleiben", versicherte er ihr.

„Aber hier auch nicht! Von mir aus schick sie doch dorthin, wo der Pfeffer wächst!"

Sie wusste, dass er das niemals tun würde, aber der Versuch wäre es wert gewesen, es zumindest vorzuschlagen.

Er hielt kurz inne und stand auf. Dann ging er ans Fenster.

„Wo ist Albert eigentlich?"

Die Bäuerin drehte sich in seine Richtung und erklärte ihm verärgert: „Den hab' ich ihr nachgeschickt."

„Aha. Die Feldarbeit muss wohl deswegen liegen bleiben?", bemerkte er.

„Und Essen hab' ich noch keines für dich! Dank Monika dafür. Das dazu, wenn die Arbeit liegen bleibt", fügte sie wieder hinzu.

Er schüttelte nur den Kopf und bewegte sich auf die Tür zu.

„Wo gehst du hin?"

„Ich muss aufs Feld hinaus. Wenn du schon die Arbeiter was weiß ich wohin überall in der Weltgeschichte herumschickst... Irgendeiner muss doch die Arbeit machen! Oder?"

Ihr Gesichtsausdruck mit weit aufgerissenem Mund und Augen verriet, dass er sie mit dem letzten Satz ziemlich verletzt hatte. Denn nun war sie sprachlos. Wütend schlug er die Tür hinter sich zu.

Zu Fuß verließ der Bauer in Windeseile den Hof.

Die Sonne schien. Monique und der Knecht nahmen die Milchkannen, die immer noch auf dem Leiterwagen am Wegesrand standen, mit und gingen in Richtung Mayerhof. Sie ergriffen dabei gemeinsam die Lenkgabel des Leiterwagens, und die große raue Hand des Knechts berührte sanft Moniques zarte Hand.

Gemeinsam zogen sie den Leiterwagen über den schmalen Feldweg. Als sie den Hof erreichten, lächelte Albert Monique kurz aufmunternd zu.

Gerade waren die beiden im Begriff, das Bauernhaus zu betreten. Doch die Bäuerin erwartete sie schon auf dem Hausflur. Streng war ihr Blick, und mit verschränkten Armen stand sie vor ihnen. Albert schien mehr davon beeindruckt zu sein als Monique, deren Gesichtsausdruck eher neutral blieb. Denn auch wenn sie große Angst gehabt hätte, vor der Bäuerin hätte sie es sich nicht anmerken lassen.

Diese schimpfte jetzt drauflos: „Was hattest du im Dorf zu suchen? Ohne meine Erlaubnis!"

Monique zuckte nun doch ein wenig ängstlich zusammen, blinzelte mit schnellen, kurzen Wimpernschlägen, wie ein kleiner Vogel, der panikartig mit seinen Flügeln schlägt, um davonzufliegen. Denn bei diesem lauten Organ der Bäuerin war es kein Wunder, wenn man beeindruckt war.

Monique begründete ihren Ausflug mit folgenden Worten: „Bäuerin, ja, ich hatte dringende Besorgungen... Du hast doch einmal gesagt, dass wir eine neue Schere gut gebrauchen könnten. So bin ich zum Kramer und habe..."

Sie suchte die Schere. Dazu griff sie in ihre Schürzentasche. Aber sie fand sie nicht. Die Bäuerin senkte den Kopf und schüttelte ihn.

Verstohlen zog der Knecht blitzschnell die Schere aus seiner Hosentasche und steckte sie Monique hinter ihrem

Rücken zu, indem er ihr leicht auf ihren Rücken klopfte. Monique bemerkte dieses Geheimzeichen, legte ihre Hand auf ihren Rücken und versuchte so, die Schere zu packen. Beim ersten Mal griff sie daneben.

Jetzt sah die Bäuerin Monique nochmals grimmig an. Monique lächelte verlegen, denn sie kam einfach nicht an die Schere heran.

Endlich gelang es Monique, die Schere hinter ihrem Rücken zu ergreifen. Sie reichte sie der Bäuerin und sagte: "...die Schere von meinem eigenen Geld gekauft."

Die Herrin des Hauses hob langsam und nachdenklich ihr Haupt.

„So, Monika, du hast also eigenes Geld. Wusste ich gar nicht. Kommt mal mit!"

Albert und Monique atmeten tief durch und schauten sich gleichzeitig verwundert an. Sie dachten wohl beide das Gleiche: Was würde jetzt wohl geschehen? Sie folgten der Bäuerin in die Wohnstube. Monique flüsterte heimlich noch Albert zu, wo denn das Brot sei. Der Knecht hatte keine Ahnung und zuckte dementsprechend mit den Schultern.

Die Bäuerin ging zur Kommode, zog eine Schublade heraus, legte die neue Schere hinein und holte stattdessen ein uraltes, völlig verrostetes Exemplar von Schere hervor. Sie zeigte die Schere Monique: „Reinste Geldverschwendung! Wir haben nämlich noch eine Schere! Hat man dort, wo du herkommst, noch nie davon gehört, dass man eine Schere selber schleifen und Brot selber backen kann?"

Albert, etwas neben sich und tölpelhaft, er hatte einfach zu viel Angst vor der Bäuerin, stotterte zu allem Überfluss heraus: „Welches Brot?"

Monique sah den Knecht vorwurfsvoll an. Die Bäuerin gab Monique eine schallende Ohrfeige. Doch Monique regte sich nicht noch weinte sie, obwohl ihre linke Backe rot anlief.

Die Bäuerin legte nach: „Ich bin nicht taub. Merk dir das!", belehrte sie Monique. „Hier weht ein anderer Wind. Verstanden?"

Sie drückte Monique die alte Schere fest in die Hand. Die beiden Frauen starrten sich an. Monique verzog nur für einen ganz kurzen Moment das Gesicht.

„So, Monika, dass du was lernst, schleifst du jetzt diese Schere, und Albert zeigt dir, wie man das macht!" Und ihrem Knecht befahl sie: „Und du gehst danach aufs Feld! Der Bauer wartet schon."

Albert gehorchte aufs Wort: „Ja, Bäuerin."

Moniques Hand blutete, verletzt durch die Schere. Doch sie biss die Zähne zusammen, um den Schmerz vor der Bäuerin zu verbergen.

„Und jetzt raus mit euch! An die Arbeit!", so waren ihre Anordnungen.

Monique und Albert verließen die Bauernstube. Sie gingen durch den Hof. Der Knecht bemerkte, dass Moniques Hand blutete. Als er sich die Hand anschauen wollte, zog Monique sie weg.

„Du blutest ja, Moni! Zeig mal!"

„Das macht nichts", versicherte sie ihm. „Aber du könntest mir Jod und einen Verband aus der Küche holen."

Der Knecht nickte und wich etwas zurück. Monique presste ihre Lippen fest aufeinander. Dann betrachtete sie die Wunde an der Hand. Sie wirkte nachdenklich, und es schien, als würde sie das Verhalten der Bäuerin mehr schmerzen als die verletzte Hand.

Monique blickte gen Himmel. Eine Wolke hatte sich vor die Sonne geschoben. Weit droben kreiste ein Adler, der offensichtlich seine Freiheit genoss. Monique kam zum Nachdenken, und ein Tagtraum kam ihr wieder in den Sinn, der sie oft verfolgte.

Ein Mann in deutscher Uniform warf eine vor Angst schreiende Frau aufs Bett und stürzte sich wie ein wildes Tier auf sie. Die Frau versuchte sich verzweifelt zu wehren. Doch der Mann zückte seinen Säbel und hielt ihn quer an ihre Kehle. Die vor Angst weit aufgerissenen Augen der Frau sah Monique deutlich vor sich. Der Soldat starrte sie entschlossen an und strich mit der Hand über die Brüste der Frau. Es war ihre selige Mutter, die Moniques Namen rief und ihr befahl, schnell wegzulaufen.

Monique kamen die Tränen, und sie musste weinen. Schnell unterdrückte sie diesen Impuls mit fester Entschlossenheit.

Kurz darauf saßen Monique und der Knecht draußen auf einer Bank vor dem Haus. Monique verband sich gerade selbst ihre verletzte Hand, während der Knecht die Schere hochhielt und – schnipp-schnapp – mit ihr herumschnippelte, als wolle er die Luft zerschneiden. Monique war nun gerade mit dem Verbinden der Hand fertig geworden und beobachtete nochmals den Adler am Himmel, der immer noch seine Kreise zog.

Jetzt störten sie aber die albernen Scherenspiele Alberts, und sie sagte ihm, er solle aufhören damit. Der Knecht blickte sie verwundert an, und Monique erwiderte: „Mit dem blöden Herumspielen mit der Schere da! Gib sie mir mal!"

Sofort reichte er ihr die Schere. Sie betrachtete sie und hielt sie in der gesunden Hand.

„Ach, da ist ja das gute Stück! Wenn sie glaubt, sie könnte mich verletzen, dann täuscht sie sich aber gewaltig", meinte sie.

„Die Schere?", fragte Albert verstört.

„Die Schere?", sie zögerte. „Ja, ja, genau, die Schere..."

Sie steckte ihren Zeigefinger in ein Scherenloch und schleuderte sie wild im Kreis. Dabei stand sie auf.

„Du spielst ja auch damit!", empörte sich Albert, doch dies wollte Monique nicht gelten lassen.

„Nein. Ich bringe sie nur dorthin, wo sie hingehört."

Sie schlenderte in Richtung Misthaufen, der sich nur wenige Meter von ihnen entfernt unter ihrem Kammerfenster befand. Der Knecht blieb sitzen und schaute ihr von der Bank aus zu.

„Oh, nein! Das darfst du nicht! Die Bäuerin...!", befürchtete er.

Monique hingegen fing an zu summen. Sie stand bereits vor dem Misthaufen, und ganz locker schleuderte sie die Schere weit in den Mist.

Da stand sie nun, starrte nachdenklich der Schere hinterher und verdrückte noch eine Träne. Sie flüsterte, damit niemand es hören konnte, nur für die gedacht, für die es bestimmt war.

„Mama, du hast mir damals im Bett viele Märchen erzählt. Ist das ganze Leben ein Märchen? Ja, Aschenputtel, ich erinnere mich gut daran. Sag, Mama, bin ich auch ein Aschenputtel?"

„Mit wem redest du denn, Monique?", fragte Albert neugierig.

Doch Monique schwieg.

3. Kapitel

Der Bauer, die Bäuerin, der Knecht, die Magd und Monique saßen zum Abendessen in der Wohnstube gemeinsam am Tisch. Eine Petroleumlampe, die auf dem Tisch stand, erhellte den Raum. Keiner trug mehr Arbeitskleidung. In der Mitte des Tisches stand ein großer Topf.

Der Knecht starrte auf den Tisch. Er versuchte, mit der Hand eine Fliege einzufangen. Doch er griff daneben und ärgerte sich, was an seiner Mimik leicht abzulesen war.

Jetzt erhoben sich alle und falteten zum Gebet die Hände. Der Bauer übernahm das Sprechen des abendlichen Tischgebetes: „Komm, Herr Jesus, sei unser Gast und segne uns, was du uns bescheret hast! Und bitte schau, dass die Ernte gut ausfällt!“

Mit einem kollektiven „Amen“ stimmten alle mit ein. Daraufhin bekreuzigten sich alle und durften sich wieder an den Tisch setzen. Jetzt begannen sie aus dem großen Topf in der Mitte des Tisches mit ihren Löffeln zu essen.

Müde von den Mühen des arbeitsreichen Tages schwiegen die Mayerhofschen. Nur der Knecht hatte noch ein besonderes Erfolgserlebnis zu verbuchen, indem es ihm gelang, die Fliege einzufangen.

„Jetzt hab' ich dich!“, bekundete er. Doch niemanden schien es zu interessieren.

Schließlich bemerkte der Bauer, dass Monique einen Verband an ihrer Hand trug. Mit vollem Mund deutete er mit dem Löffel in Richtung von Moniques verletzter Hand.

„Was ist denn da passiert?“, fragte er Monique etwas undeutlich mit dem Essen zwischen den Zähnen.

Die Bäuerin setzte ein ernstes Gesicht auf, während Monique zu ihr hinüberschaute und dann ihren Blick auf den Bauern richtete.

„Nichts! Ich habe mich nur heute an dem Rand einer Milchkanne geschnitten. Natürlich habe ich sofort Jod draufgetan. Das wird schon wieder!", so ihre Erklärung. Sie log äußerst ungern, doch sie dachte, wenn sie bei der Wahrheit bliebe, würde wegen der Bäuerin alles schlimmer ausfallen. So hatte sie beschlossen, lediglich zu schwindeln, und das war ja ganz etwas anderes als zu lügen.

Der Bauer hob die Augenbrauen, und Besorgnis klang in seiner Stimme durch: „Damit ist nicht zu spaßen, Monique-ka! Ich hatte mal einen Knecht. Der hat sich beim Herrichten der Scheune einen Nagel in die Hand gerammt. Er hat nicht viel Aufheben darum gemacht. Seine Hand verschlimmerte sich, und kurz darauf bekam er Fieber und Schüttelfrost."

Da musste sich auch noch Hilde mit einbringen, weil sie sich noch so gut erinnern konnte: „Ja, ich erinnere mich. Fürchterlichen Schüttelfrost. Es war fürchterlich!"

„Ja, ja, schüttel, schüttel, schüttel! Und wenn er nicht gestorben ist, schüttelt er sich vermutlich heute noch...", machte Albert sich über Hilde lustig. Gerne hätte er weiter seine Späße mit ihr getrieben, doch der Bauer warf mit ernstem Gesicht ein:

„Ja. Er ist gestorben."

Dem Knecht verschlug es daraufhin die Sprache. Und so kam Monique, um die es eigentlich gehen sollte, mal zu Wort: „Warum?"

Kurz und trocken antwortete der Bauer mit vollem Mund: „Sein Blut wurde vergiftet. Der Nagel war verrostet." Dies musste als Erklärung ausreichen zu später Stunde.

Monique schielte entsetzt zur Bäuerin hinüber. Diese wertete mit ihrem Blick und einer Geste der Hand die Aussage des Bauern ab.

„Rostig?“, entglitt es Albert, und er dachte wohl an die Schere und seine Monika.

Alle verstummten. Eine Stille trat ein, als würden sie noch um den damals verstorbenen Knecht trauern.

„Eine rostige Schere?“, dachte Albert laut.

„Nein, ein Nagel“, sagte der Bauer und fügte hinzu: „Als wir ihn zum Bader brachten, war es zu spät.“

Der Bauer schüttelte nachdenklich den Kopf, während er seinen Löffel in den Topf schwang und weiteraß. Der Knecht sah entsetzt zur Bäuerin hinüber und dann wieder zum Bauern. Er öffnete den Mund, als wolle er ihm etwas sagen, aber die Bäuerin verhinderte dies, indem sie ihm einen bösen Blick zuwarf.

„Die Scheune müsste wieder ausgebessert werden“, bemerkte die Bäuerin nebenbei, um das Thema zu wechseln, doch es kam keine Reaktion auf. Also hielt sie es für nötig, das vorangegangene Thema endlich und unwiderruflich vom Tisch zu bringen: „Es muss aber nicht immer gleich eine Blutvergiftung auftreten, wenn man sich derartig verletzt. Das ist doch die Ausnahme...“

Der Bauer jedoch zwinkerte lieber aufmunternd seiner Lieblingstischdame Monique zu: „Gut, dass wir keine rostigen Milchkannen haben! Oder?“

„Nein. Es ist alles in Ordnung“, antwortete Monique und konnte es sich jetzt nicht verkneifen, bei dieser Gelegenheit in Anwesenheit aller eine ironische Bemerkung gegen die Bäuerin fallen zu lassen: „Elsässerblut vergiftet ja bekanntlich langsamer.“ Monique starrte zur Bäuerin und dann wieder zum Bauern. „Aber ich würde gerne jetzt schon zu Bett gehen.“

„Nein, erst wenn alle zu Ende gegessen haben, darfst du gehen. Das..." Das konnte nur von der Bäuerin kommen, doch der Bauer unterbrach sie: „Ist recht, Monique-ka. Du darfst gehen."

Monique war die Siegerin des Abends. Sie hatte ihren ersten Triumph über die Bäuerin eingefahren, das war ihr klar. So stand sie auf, rückte ihren Stuhl weit zurück. Krrr – die Stuhlbeine schliffen energisch am Holzboden, und Monique verließ als Erste die Stube.

Moniques Unterkunft war ein recht kleiner Raum. In ihrer Kammer standen ein Bett, ein alter Bauernschrank und eine kleine Kommode. Eine Petroleumlampe gab dem Raum Licht, eine schwere Zinkschüssel mit Wasser war ihre Waschgelegenheit.

Monique lag auf dem Rücken im Bett. Sie konnte nicht einschlafen, denn sie war viel zu sehr in ihren Gedanken versunken. Außerdem war sie noch zu aufgewühlt durch diesen ereignisreichen Tag. Sie betrachtete ihre eingebundene Hand und dachte nach.

Im bäuerlichen Schlafgemach war die Lage anders. Der Bauer lag im Ehebett. Er hatte ein weißes Nachthemd an, hatte sich bereits zur Seite gedreht, um zu schlafen. Die Bäuerin, die neben dem Bett stand, schlüpfte gerade in ihr Nachthemd, was ihr Mann gar nicht mehr zu beachten schien. Doch er drehte sich nochmals zu ihr um, denn sie ließ ihn noch nicht einschlafen, dafür war sie zu sauer.

Sie musste sich noch Luft verschaffen: „Hast du's gehört, das freche Luder? Elsässerblut vergiftet langsamer... Die glaubt auch noch, sie wär' was Besseres!"

„Was war eigentlich noch?", fragte sie ihr müder Gatte.

Die Bäuerin hatte bereits ihr Nachthemd an.

„Was? Was meinst du? Was soll gewesen sein?"

„Ja, wegen Monika heute früh?"

„Nichts war. Monika, Monika, Monika...", schrie sie nun fast, „ständig höre ich nur Monika! Bin ich deine Frau oder ist es Monika? Glaubst, ich seh' nicht, wie du ihr nachstarrst, wie ein läufiger Hund? Das Franzosenluder verdreht jedem den Kopf!"

„Spinnst jetzt? Was redest du denn da?", murmelte ihr nur noch halbwacher Ehemann.

„Ja, du hast richtig gehört! Und ich sag dir's – sie ist nicht besser als unsere Magd!"

Der Bauer hatte offenbar keine Lust mehr, denn er drehte sich um: „Ja, du spinnst doch von mir aus! Das müssen die Wechseljahre sein! Denk dir nichts, gib Ruhe und lies dein Buch!"

„Ja, aber...", wollte sie noch etwas einwenden.

„Nichts aber... Komm jetzt ins Bett, Maria, und schlaf endlich!", beruhigte er sie.

Schließlich folgte sie etwas widerwillig den Worten des Bauern, stieg ins Bett und legte sich hinein. Sie drehte ihm den Rücken zu, holte unter dem Kissen ihren Roman hervor und schlug die eingemerkte Seite auf.

Monique lag indessen immer noch wach in ihrem Bett. Sie hielt die Arme hinter ihrem Kopf verschränkt. Sie konnte nicht einschlafen. Nachdenklich starrte sie an die schlichte Holzdecke, wo ein Weberknecht gerade mit einem anderen um die Wette lief und dann der eine offenbar vor lauter Ausgelassenheit und Übermut den anderen Huckepack trug, oder hatte einer der beiden eine Verletzung? Der Grund, warum die beiden sich so albern benahmen, interessierte sie im Moment überhaupt nicht – aber die quirligen Tierchen fand sie irgendwie amüsant.

Plötzlich erschienen ihr, als sie so an die Decke starrte, Bilder aus ihren Gedanken, verschwommene Bilder, die immer klarer wurden. Zuerst sah sie den Adler wieder, der seine Freiheit genießen durfte. Doch aus dem Hintergrund hörte sie auf einmal Tanzmusik, einen Ländler. Sie lag fröhlich tanzend in den Armen eines Mannes. Das Gesicht des Mannes konnte sie vorerst nicht erkennen. Und sie sah sich selbst: Eine lachende, glückliche Monique, die unter blauem Himmel mit einem Mann tanzte. Nach kurzer Zeit sah sie, wer dieser Mann war. Es war der freche Kerl, dieser Fritz, den sie im Dorf getroffen hatte. Schwungvoll tanzten sie auf dem Parkett. Sie lächelten sich dabei gegenseitig an und tanzten und tanzten...

Die Bilder verschwanden, und auch die Musik spielte nicht mehr. Stattdessen umarmte Monique ihr Kissen, und dabei stand sie in ihrer Kammer. Nun begann sie sich mit ihrem Kissen zu drehen und zu drehen...

Offenbar hatte sie jemand beim Tanzen gehört. Denn ausgerechnet die Bäuerin stieß energisch den schlafenden Bauern im Bett an, der fast aus diesem fiel.

„Hör mal, Hans! Da ist doch was!", weckte sie ihn.

Doch der Bauer wollte seine Ruhe, so schwieg er, denn er wollte weiterschlafen.

„Hast du nichts gehört?"

„Ich hör' nix", versicherte ihr der Bauer schläfrig.

„Da ist doch ein Geräusch!"

„Das werden Mäuse sein. Muss ich eben morgen ein paar Mausefallen aufstellen. Hoffentlich haben wir keine Ratten!"

Der Bauer schlief weiter. Die Bäuerin legte sich ebenfalls wieder nieder.

Monique drehte sich in ihrer Kammer weiter gedankenverloren um sich selbst. Doch plötzlich blieb sie stehen.

„Das Schützenfest!", flüsterte sie leise.

Sie ging zu ihrem Kleiderschrank. Darin befanden sich lediglich ein paar altmodische, abgetragene, zum Arbeiten taugliche Dirndlkleider. Monique nahm eines davon heraus. Ihr Nachthemd flog aufs Bett. Blitzschnell zog sie das Dirndl an und stand jetzt darin vor dem Bett. Nun schlich sie zum Kammerfenster und öffnete es vorsichtig, konnte ein leises Klappern jedoch nicht verhindern. Sie schaute hinunter auf den Misthaufen.

Monique schwang sich auf den Fensterstock, in der Absicht, auf den Haufen zu springen. Sie zögerte. Doch dann hielt sie sich mit der gesunden Hand die Nase zu – und sprang.

Aber anstatt oben auf dem Haufen zu landen, verschwand sie förmlich darin. Und zu hören war ein lautes „Au!".

Monique befreite sich aus dem Mist und saß nun auf dem Haufen. Sie griff unter ihren Po und zog prompt die alte verrostete Schere hervor. Sogleich wollte sie diese weit wegwerfen, doch dann ließ sie die Schere auf dem Haufen liegen. Monique verzog das Gesicht und rutschte vom Haufen hinunter. Dann zupfte sie sich geschwind das Stroh und den Schmutz aus ihrer Kleidung heraus, soweit dies möglich war.

„Uh, wie das stinkt! Mist!", sprach sie leise zu sich und watschelte zum Brunnen. Dort pumpte sie mit der unverletzten Hand Wasser in den Trog. Bevor sie sich damit die Hände wusch, löste sie vorsichtig ihren Verband, steckte ihn in eine Tasche ihres Dirndls und zog aus derselben einen Kamm hervor. Entschlossen und energisch kämmte sie sich die Haare. Dann steckte sie den Kamm wieder ein, holte den Verband heraus und legte ihn sich wieder an.

Mit leisen Schritten verließ Monique den Hof.

4. Kapitel

Einige Stunden zuvor hatte auf dem Schützenfest in Viechtach das Wettschießen seinen Höhepunkt erreicht. Vor einer großen Menschentraube standen in einer Linie noch drei Teilnehmer. Sie waren festlich in Tracht gekleidet.

Zwei junge Kerle im Publikum unterhielten sich, während die drei Schützen am Schießstand nacheinander ihre Schüsse ins Ziel abfeuerten. Der kleinere der beiden Burschen fragte seinen Freund, der einen besseren Blick auf das Geschehen am Schießstand hatte und den Verlauf des Schießens konzentriert verfolgte, als würde er selbst das Gewehr abdrücken wollen: „Weißt du, wer weitergekommen ist?"

„Ja, der Reiter Ludwig!", antwortete ihm sein Freund, der schon ein Milchbärtchen trug, mit zusammengekniffenen Augen. „Der schießt gerade."

Und schon war der nächste Schütze an der Reihe, ein großer, kräftiger, stämmiger Mann mit narbigem Gesicht. Es war Hans Dorfner, im Dorf von einigen respektiert, von den meisten gefürchtet.

Der größere Bursche rempelte seinen Freund an. „Der Dorfner Hans!", brüllte er ihm ins Ohr.

Nachdem dieser seine Schüsse abgefeuert hatte, rempelte der erste Bursche seinen Freund erneut an und starrte gespannt geradeaus. „Schau, Michael, jetzt kommt der Schwaiger Fritz!"

Fritz atmete einmal kräftig durch, legte an, schloss sein rechtes Auge, zielte und schoss.

Nun war es bereits fast dunkel. Eine Blaskapelle spielte auf einer Holztribüne. Ein Podium war in der Mitte des Platzes aufgestellt. Außenrum befanden sich die Tische und Bänke, auf denen die zahlreichen Besucher des Schützenfestes saßen, eifrig aßen und tranken sowie in ausgelassener Stimmung feierten.

Als auf dem Podium gerade eine Trachtengruppe mit Schuhplattlern auftrat, erschien Monique auf dem Fest. Ihr Kleid war immer noch etwas verschmutzt, obwohl sie versucht hatte, den gröbsten Dreck zu entfernen. Sie schaute sich um und sah lauter fröhliche Menschen auf Bänken sitzen.

Von einer Bank neben ihr hörte sie plötzlich eine ihr bekannte Stimme, die ihren Namen rief. Es war Petra.

„Huhu, Monique!", rief sie ihr zu und flatterte mit den Händen, als wolle sie den Gebrüdern Wright Konkurrenz machen und zu einem Rekordflug abheben.

„Monique, komm, setz dich zu uns! Wir haben hier noch einen freien Platz für dich!"

Monique drehte sich in Petras Richtung und ging zu ihrer Bank, wo einige Bekannte, Freunde und angeheiratete Familienmitglieder saßen. Direkt bei Petra war kein Platz mehr frei, doch etwas weiter hinten am Tisch rückten zwei Männer sofort auseinander und machten ihr Platz.

Trotz des Abstandes und der Lautstärke quasselte Petra sofort munter drauflos: „Schön, dass du doch noch gekommen bist. Siehst du, sie haben dich doch noch aufs Fest gehen lassen!"

Klang alles so liebenswert, doch offenbar kannten Petra nicht alle so gut wie Monique, ihre Freundin aus vergangener Zeit, und nur Monique wusste offenbar auch, wie sehr Petra mit der Zeit nerven konnte. So bejahte sie nur mechanisch.

„Du, darf ich vorstellen? Das ist Siegfried, mein Schatz!“, flötete Petra so laut, dass es alle hören konnten. Sie umarmte den Mann neben ihr, das war er wohl, der glückliche und ahnungslose Gatte.

„Schön, Herr Schatz!“, begrüßte Monique diesen Mann neckisch und setzte eine freundliche Miene für Petra auf: „Schön. Das freut mich für dich, Petra.“

Doch innerlich war Monique mit ihren Gedanken ganz woanders. Sie richtete ihren Blick auf das Podium, wo bereits junge Männer und Frauen zur Musik tanzten.

„Hast du auch einen Schatz, Monique?“, fragte Petra sie neugierig.

„Einen? Ja, mehrere!“, bekam sie von der schlagfertigen Monique zur Antwort. Petra schaute völlig verdutzt drein – endlich war sie sprachlos. „Entschuldige mich, Petra, aber ich muss mich um meine Schätze kümmern.“ Petra kriegte den Mund nicht mehr zu und war völlig perplex.

Jetzt betrat der Bürgermeister des Ortes, ein kleiner älterer Mann in Tracht, das Podium. Die Kapelle hörte auf zu spielen. Es wurde leiser, denn alle lauschten den anscheinend sehr wichtigen Worten des Bürgermeisters.

„Nun kommen wir zum Höhepunkt“, kündigte er den Festbesuchern an, „des diesjährigen Schützenfestes! Wir ehren jetzt den Sieger, ja, und krönen den diesjährigen Schützenkönig!“

Die Leute waren begeistert. Man hörte lauten Beifall. Der Bürgermeister schien gerührt zu sein. Auch Monique, die inzwischen neben dem Podium stand, nur wenige Meter vom Geschehen entfernt, hörte aufmerksam zu.

„Es war dieses Jahr wirklich besonders spannend…“

Die Worte des Bürgermeisters gingen in dem Lärm der Leute fast unter. Außerdem schnappte Monique die Unterhaltung zweier alter Männer auf, die an einem der Tische saßen, offenbar zwei alte Kriegsveteranen.

„Ja, früher, als ich noch in Saft und Kraft war, da hab' ich es allen gezeigt! Ja, da hab' ich alles über den Haufen geschossen! Ja, vor nichts hab' ich mich gefürchtet! Denn ich war immer schneller als jeder Jäger! Die Saukerle, meinen Bruder haben's auf dem Gewissen, die Dreckskerle!", klagte der eine, der nur noch ein Bein hatte.

„Ja, das waren noch Zeiten! Wir hätten den Krieg niemals verloren! Wir waren aus ganz anderem Holz geschnitzt! Aber die jungen Leute heutzutage haben einfach keinen Mumm mehr in den Knochen... Ja, unsere Generation hätte durchgehalten und den Krieg gewonnen!", meinte der zweite alte Mann.

„Ja, zu unserer Zeit! Wir schon! Ich sag' es dir, den Krieg hätten wir niemals verlieren dürfen... Unterbuttern haben wir uns lassen. Durch den Versailler Vertrag. Alle kassieren sie von uns ab! Die Polen stecken das ganze Westpreußen ein, und sogar Belgien kriegt was ab, und die Franzmänner kriegen ohnehin den Hals nicht voll. Wir werden's nicht mehr erleben, aber irgendwann kriegen wir alles wieder zurück", stimmte der erste alte Mann wieder mit ein.

Beide stießen mit ihren Krügen darauf an, als der zweite alte Mann wieder anfing: „Ja, der Franzmann! Mit dem Bajonett in den Bauch! Zu früh ist aufgegeben worden. Hätt's zu meiner Zeit wirklich nicht gegeben!"

„Ja, zu unserer Zeit...", schwelgte der Erste in Erinnerungen und trank aus seiner Maß.

Eine ältere Frau hörte ebenfalls das Gespräch der beiden und beugte sich zu ihnen hinab: „Ihr zwei alten Deppen", mischte sie sich ein, „werdet auch nicht mehr gescheiter! Sind wir froh, dass es vorbei ist. War grausam genug. Viel genug Blut ist vergossen worden. Schaut's, ich hab' meine beiden Buben verloren. Einen hat mir der Herrgott gelassen. Der soll leben und tanzen. Und nie wieder, nie wieder, sag ich euch, darf es Krieg geben."

Nun hielt sich der zweite Mann sein Kreuz und jammerte. Dann schlug er wutentbrannt mit seinem Stock auf den Tisch. „Ja, ja, ist schon recht, muss ja recht werden! Oh, mein Kreuz! Und jetzt darf ich froh sein, wenn ich den Weg nach Hause noch schaffe!"

„Ach ja, dein schlimmes Kreuz. War eigentlich damals dein kaputter Fuß oder das schiefe Kreuz daran schuld, dass du nicht zum Militär musstest?", fragte die ältere Frau nach.

Derweil kam der Bürgermeister auf der Tribüne endlich zum Höhepunkt.

„Und ich freue mich, den Schützenkönig heraufbitten zu dürfen, den heurigen Schützenkönig, Fritz Schwaiger!"

Als Monique Fritz sah, quollen ihr fast die Augen über. Denn natürlich erkannte sie den jungen Mann sofort wieder.

Einige junge Männer klopften Fritz, während er auf die Tribüne stieg, auf die Schulter. Eine junge Frau überreichte dem Bürgermeister eine schwere Kette für den Schützenkönig. Dieser hängte Fritz die Kette um den Hals. Fritz freute sich sichtlich darüber. Alle klatschten, nur Hans Dorfner im Publikum schaute grimmig drein.

„So, und jetzt wähle dein Schützenliesl!", fuhr der Ortsvorsteher fort.

Fritz schaute in die Gesichter der zahlreichen klatschenden Menschen unterhalb der Tribüne. Als er Monique erblickte, leuchtete sein Gesicht auf. Sofort deutete Fritz auf sie.

„Die will ich haben! Sie soll mein Schützenliesl sein!", verkündete er lauthals.

Monique sah nach links und nach rechts, denn sie konnte nicht glauben, dass sie gemeint war.

Fritz forderte sie auf: „Ja, du! Komm rauf zu mir!"

Ein paar Burschen hoben sie sogleich aufs Podium. Fritz zog sie sofort zu sich und drückte sie fest in seine Arme. Monique, total überrascht, ließ es zu, und die Menge applaudierte wild.

Der Bürgermeister wies die Kapelle an, sie solle unverzüglich aufspielen. Monique wusste gar nicht, wie ihr geschah. Fritz begann sie jetzt beim Tanzen förmlich herumzuwirbeln.

Allmählich kehrten ihre fünf Sinne zurück und sie begriff, was hier gerade vor sich ging. Sie lachte jetzt Fritz an. Er erwiderte ihr bezauberndes Lachen und flüsterte ihr ins Ohr: „So schnell sieht man sich wieder, und jetzt tanzen wir sogar miteinander und du liegst willenlos in meinen Armen."

„Willenlos? Na, wenn du da nicht übertreibst?"

„Merk dir, Madel, ein Schwaiger übertreibt niemals! So wie er es sagt, so ist es auch! So, freust du dich nicht darüber, mich wiederzusehen?"

Inzwischen hatten sich auch andere Paare auf dem Tanzparkett eingefunden.

„Was hast du mit deiner Hand gemacht?", fragte Fritz Monique.

„Das ist nicht der Rede wert!", winkte sie ab.

Ein junger Mann, der gerade mit einer Frau tanzte, stieß Fritz kurz von hinten an. Es war sein bester Freund Max Eder.

„Na, wo hast du denn das hübsche Mädel her?"

Noch bevor Fritz den Mund öffnen konnte, antwortete sie stolz: „Ich bin die Monique!"

„Freut mich, Monique!", entgegnete Max freundlich, dann wurden die Paare auch schon wieder auseinandergetrieben.

„Lässt du andere nie zu Wort kommen? Das kann ja heiter werden, wenn wir erst verheiratet sind!", hauchte

Fritz ihr ins Ohr. Jetzt hatte er sie doch überrascht, und ihr Mund schien sich vor Erstaunen nicht mehr schließen zu wollen.

„Verheiratet? Ja, du bist gut! Wir kennen uns ja kaum."

Fritz blieb gelassen: „Gefall' ich dir denn nicht, Monique? Ein schöner Name, auch wenn er sehr französisch klingt."

„Doch, doch, sonst würd' ich nicht mit dir tanzen. Ich tanz' nämlich nicht mit jedem Schwubekopf!", betonte sie mit erhobenem Haupt.

„Ich bin kein Schwubekopf! Du gefällst mir gut! Trotz deines komischen Dialekts!"

„Abgesehen davon, dass du anscheinend der Schützenkönig bist..."

„Ja, ich bin der Schützenkönig. Und der Brauch sagt, dass er sich vom Schützenliesl einen Kuss holen darf, den sie ihm nicht verwehren darf."

Monique wurde hierauf plötzlich sehr schüchtern, und ihre Stimme klang etwas verunsichert: „Den Brauch kenn' ich nicht. Nein, so weit sind wir noch nicht!"

Der junge Schwaiger hielt sie fest, hörte auf zu tanzen und küsste sie.

Doch die kleine Elsässerin begann heftig zu zappeln, und es folgte ein lautes „Nein!" von ihr. Sie riss sich los. In Panik entschlüpfte sie seinen Armen, lief vom Parkett hinunter und entschwand.

Fritz rief ihr noch nach: „Aber Monique!"

Er nahm seine Beine unter die Arme und wollte ihr nachlaufen, verlor sie aber aus den Augen. Sein Freund Max ging zu ihm.

„Was hat sie denn?", fragte er.

Fritz schüttelte nur den Kopf.

„Was war denn los?"

„Wie ein scheues Reh ist sie mir davongelaufen. Ich weiß nicht, was sie hat. Vielleicht hätte ich doch nicht gleich...", meinte Fritz und war etwas konsterniert.

„Sie machte auf mich gar nicht den Eindruck eines scheuen Rehs. Glaub mir, die tut nur so!", versuchte Max Fritz zu trösten.

„Du, ich glaub', ich hab mich verliebt", gestand Fritz seinem Freund mit leiser Stimme.

„Na, dann!", munterte Max ihn auf, und seine Stimme war alles andere als leise.

Fritz sah seinem Freund in die Augen, und sein Gesichtsausdruck erhellte sich wieder. Denn Max legte freundschaftlich seinen Arm auf Fritz' Schulter und fügte hinzu: „Na, dann brauchst du dir keine Sorgen zu machen. Ich kenne keine Frau, die nicht scharf darauf ist, unter die Haube zu kommen."

Monique schien Fritz mehr zu bedeuten als die anderen Mädels, die er kannte oder mit denen er etwas hatte, denn sogleich kam er wieder ins Grübeln: „Du, Max, ich hoff', ich hab' keinen Fehler gemacht! Wäre wirklich sehr schade."

5. Kapitel

Der Hahn krähte auf dem Mayerhof und kündigte den neuen Tag an. Der Hofherr war bereits im Stall und fütterte unter dem Lärm der Tiere die Kühe. Er hielt eine Mistgabel in der Hand und beförderte damit das Heu in die Tröge vor den Tieren.

Gerade betrat auch die Hofherrin den Stall und schritt auf ihren Mann zu.

„Steht heut' etwas Besonderes an?“, fragte sie ihn.

„Ich muss heute dem Schwaiger beim Holzfällen helfen. Du weißt, wir brauchen das Holz, das dabei für uns abfällt, um den Stall auszubessern“, erklärte er.

„Und wann kann ich mit dir am Abend rechnen? Wann soll ich fürs Essen anrichten?“

„Ja, das kann heut' sehr spät werden. Ich glaube, ich esse heut' Abend im Goldenen Ochsen.“

„Ja, wenn du meinst“, dachte sie, verließ den Stall wieder und schloss die Tür hinter sich.

Plötzlich lief der Bauer kreidebleich an, hielt sich die Brust in der Herzgegend, er ließ dabei die Heugabel fallen und atmete schwer. Sein Gesicht war schmerzverzerrt. Er schloss die Augen, atmete wieder etwas ruhiger und spürte zum Glück eine Erleichterung.

Monique hatte es eilig, in den Stall zu kommen, und lief dabei ausgerechnet der Bäuerin über den Weg, die sie draußen vor dem Stall noch aufhielt.

„Wo willst du denn hin?“, fauchte sie ihre Nichte an.

„Ich muss zum Bauern“, gab ihr Monique zur Antwort.

„Ja, aber vergiss die Wäsche nicht!“, trug ihr die Bäuerin auf. „Ich hab' sie schon hergerichtet. Heut' zeige ich dir, wie man eine Mangel benutzt. Weißt du, wie man das macht?“

„Nein, leider noch nicht“, bedauerte Monique.

„Du wirst es lernen“, sagte die Bäuerin und ging weiter.

Monique betrat nun den Stall und lief an den Kühen vorbei geradewegs zum Bauern. Der hatte sich inzwischen wieder erholt, saß noch auf dem Rand eines Troges und erhob sich nun. Monique musste laut schreien, um den Lärm der Tiere zu übertönen: „Bauer!“

„Ach, Moni!“, freute er sich, als er sie sah. Er deutete ihr mit der Hand an, dass sie doch näher kommen solle. „Du kannst doch Onkel Hans zu mir sagen. Die Bäuerin ist doch jetzt nicht da“, meinte er.

„Onkel, ich muss unbedingt mit dir reden.“

Der Bauer legte die Mistgabel weg und bemerkte Moniques verzweifelten Gesichtsausdruck. „Komm, lass uns rausgehen“, sagte er freundlich.

Der Himmel war bewölkt. Der Bauer, mit den Händen in den Hosentaschen, und Monique neben ihm entfernten sich ein paar Schritte vom Stall, um sich ungestört und möglichst weit abseits von der Bäuerin zu unterhalten. Sie schlenderten auf die Wiese zu.

„So, was liegt dir auf dem Herzen, Monique?“

Monique wirkte betrübt und traurig. „Onkel Hans“, jammerte sie. „Ich muss dich verlassen!“

Der Bauer erschrak, denn mit so etwas hatte er jetzt nicht gerechnet.

„Du musst uns verlassen, Monique?“, fragte er seine Nichte.

Ein kurzes, aber bedeutsames „Ja“ gab sie ihm zur Antwort.

„Ist es wegen der Bäuerin?"

Monique verneinte dies.

„Du weißt, Monique", sagte Onkel Hans, „du bist noch nicht volljährig! Und du kannst nicht einfach weg. Ich bin dein Vormund und verantwortlich für dich! Natürlich vermisst du deine Heimat! Deine Eltern! Das Leben geht aber nun mal weiter." Der Bauer versank fast schon in seinen Gedanken. Er blickte geradeaus. „So leicht wenn's wär! Was glaubst, wie oft dass ich gern alles hingeschmissen hätte..." Jetzt blieb er stehen und betrachtete seine Monique, die ebenfalls stehen geblieben war. „Aber schau, der Hof, das Vieh braucht mich, ja sogar der Hahn auf dem Mist! Und du, Monique?"

„Ich bin der Feind, Onkel!", antwortete sie ihm. „Allein mein Name eckt an bei den Leuten. Warum kann ich nicht Petra heißen. Wäre bestimmt leichter. Aber das ist es nicht", setzte sie zaghaft hinzu. „Ich kann aus einem anderen Grund nicht bleiben."

Nun wollte es ihr Onkel genau wissen: „Moni, sag, warum kannst du nicht bleiben und willst fortlaufen? Hältst du es denn gar nicht mehr bei mir aus? Geht es dir gar so schlecht bei uns? Ich weiß, dass du es nicht immer leicht hast. Aber wer hat's zurzeit leicht? Meinst du, in der Stadt ist es besser? Schon gar nicht in einem dieser Auffanglager! Da hast du's auf dem Land bei uns auf jeden Fall besser! Zwar haben wir kein Geld, aber verhungern brauchst du wenigstens nicht!"

„Aber, Onkel...", wollte Monique einwerfen, aber der Bauer ließ sich nicht unterbrechen.

„Meine Frau musst du auch verstehen. Sicher, sie ist oft zu streng mit dir, aber sie hatte es früher auch nicht leicht. Sie hatte auch keine rosige Jugend, und jetzt bemüht sie sich eben, das Geld zusammenzuhalten, das wenige, das wir haben. Die Zeiten sind nun mal schlecht, Moni…"

Mit trockener Stimme unterbrach sie ihn jetzt.

„Ich bekomme ein Kind."

Da stand nun der Bauer wie angewurzelt da, und wie immer, wenn er nicht wusste, was er sagen sollte, weil er sich mit einer Situation überfordert fühlte, sagte er erst einmal „Aha". Dann, nach einer kurzen Weile, räusperte er sich und setzte an: „Äh... Moni, Moni..." Etwas ratlos hielt er sich die Stirn. „Ich dachte, du bist noch..."

„Nein, bin ich nicht mehr", warf sie erneut ein.

„ Seit wann?"

„Seit gestern", gab sie ihm Bescheid.

„Aha", gab der Bauer verwirrt von sich, „seit gestern? Seit gestern? Seit gestern willst du in anderen Umständen sein? Aha, und da bist du dir sicher?"

„Nein, ganz sicher weiß ich es nicht, aber gestern ist es eben passiert", versicherte sie ihm mit ernster Miene.

„Aha. Weißt du, wenn es erst gestern passiert ist, kannst du heute noch gar nicht wissen, ob du... Du weißt schon."

Monique hob den Kopf an, schüttelte ihn, um ihn dann beschämt zu senken.

„Ein Kind...", murmelte ihr Onkel. Dabei fuhr er sich nervös durch sein schütteres graues Haar.

Erwartungsvoll blickte Monique nun ihren lieben Onkel an, dem es sichtlich schwerfiel, seiner Nichte Nachhilfeunterricht in Sexualkunde zu erteilen. „Äh, eine Schwangerschaft dauert doch neun Monate, und..."

„Aber gestern hat er mich geküsst", hatte sie gleich als wichtige Zwischenbemerkung parat.

Von einem Moment auf den anderen entkrampften sich des Bauern angespannte Gesichtszüge, und er war plötzlich sehr erleichtert. „Ach, gestern hat er dich geküsst", atmete er auf, und ein diesmal freudiges „Aha" folgte. „Und jetzt glaubst du, dass du ein Kind bekommst." Und er begann zu lächeln, ja zu lachen: „Moni, nein, vom Küssen hat noch niemand ein Kind bekommen."

Er legte seinen Arm väterlich um ihre Schulter, und beide drehten sich um 180 Grad wieder Richtung Hof.

„Noch niemand?", fragte Monique ernsthaft nach, so wie es so manche junge Frau zur damaligen Zeit tat, denn wer wusste in diesem Alter schon so genau darüber Bescheid, was da genau vorging, wenn Mann und Frau vom Schicksal vorherbestimmt in Sachen Liebe aufeinander trafen, und woher die kleinen Kinder kamen, wenn's schon nicht der Storch war.

Und der Bauer sprach mit ihr über dieses Thema. Er wusste natürlich mehr als sie darüber, doch es ihr näher zu bringen, es ihr zu erklären oder sie gar gänzlich aufzuklären würde ihm mit Sicherheit sehr schwerfallen, und vermutlich wäre er lieber beim alten Glauben mit dem Storch geblieben, wenn's denn nur gegangen wäre.

„Nein, niemand", zögerte er, „du wärst sicher die Erste, die davon ein Kind bekäm'. Ja, hat irgendwann schon jemand mit dir über diese Sache gesprochen?"

Monique konnte es noch nicht ganz glauben, ihr Stimmfall bezeugte es. „Onkel, du nimmst mich nicht ernst. Ich habe nämlich gehört, dass das oft sehr schnell gehen kann", meinte sie und fügte an: „Ja, zum Beispiel die Jungfrau Maria..."

Ihr Onkel unterbrach sie, blieb wiederum stehen, nahm kurz seinen Arm von ihrer Schulter. „Ja, da hast du recht. Das war natürlich eine Ausnahme."

Er legte wieder den Arm um Monique und ging mit ihr ein Stück weiter. Der Bauer überlegte, schloss kurz die Augen, als müsse er sich stark konzentrieren, und ging langsam weiter des Weges. Ob er ans Ziel führen würde? Der Bauer versuchte zumindest dort anzukommen.

„Oh, meine kleine Elsässerin", begann er. „Ach Gott, wie fange ich es am besten an? Also, Moni, ich muss dir mal was erzählen... Bruderherz, das vergess' ich dir nicht!", blickte er gen Himmel. „Moni, du weißt doch... äh, Moni, wen hast du denn eigentlich geküsst?"

„Er hat mich geküsst!", entschuldigte sie das Kussereignis. „Er heißt Fritz."

„Na, dann erzähl mir mal was über diesen Fritz!"

6. Kapitel

Fritz hielt seinen Kopf unter eine Wasserpumpe beim Brunnen, der direkt vorm Haus der Schwaigers stand, und ließ sich das Wasser über seinen Kopf fließen, während er mit der linken Hand rhythmisch pumpte. Er trug nur eine lederne Hose, denn das schöne Wetter erlaubte ihm einen freien Oberkörper.

„Waaah!", schüttelte er nun den Kopf, sodass die Tropfen seiner nassen Haare durch die Luft flogen wie bei einem Hund, der ins Wasser geplumpst war und sich darauf schütteln musste. Jetzt fuhr er sich mit den Fingern durch die Haare und legte sie sich zurecht, dazu brauchte er keinen Kamm und schon gar kein Handtuch. Die Sonne würde sie schon trocknen.

So ging er auch mit trockenen Haaren in die große, hölzerne Halle, die etwa hundert Meter vom Wohngebäude der Schwaigers entfernt war und aus der das Geräusch des von Wasserkraft angetriebenen Sägewerkes ertönte. Schmale, scharfe Sägeblätter, die wie Gitterstäbe mit Zacken aussahen, durchtrennten mit raspelndem Getöse einen Baumstamm, der sich auf sie zu bewegte, der Länge nach. Fritz' Vater, Karl Schwaiger, stand an der Maschine und bediente sie.

Da die Maschine viel Lärm verursachte, bemerkte Schwaiger senior seinen Sohn zunächst nicht. Doch dann drehte er sich um und sah Fritz. Das Gesicht des Alten war hocherfreut über die Anwesenheit seines Sohnes, und es strahlte vor Stolz.

„Mutter hat mir schon davon erzählt, dass du Schützenkönig geworden bist! Bin stolz auf dich! Ist es noch lang geworden gestern?"

Kurze Sätze, laut geschrien waren nun mal das beste Kommunikationsmittel, abgesehen von Handzeichen, um sich bei diesem Arbeitslärm verständigen zu können.

So schrie auch Fritz laut seinen Vater an: „Ja. Wir haben noch ein wenig gefeiert!"

„Schön, Fritz. Der Apfel fällt also doch nicht weit vom Birnbaum!"

Dann lachte er kurz über seine scherzhafte Bemerkung. Auch Fritz musste lächeln. Fritz' Vater wischte sich nun den Schweiß von der Stirn. Fritz ging zur Anlage und übernahm. Der alte Schwaiger nahm seinen Holzstock als Stütze und humpelte auf Fritz zu.

„Sei so gut und übernimm kurz!", bat er Fritz. „Das Holz ist noch für die Muttergotteskapelle in Einweging! Du weißt, die wird doch zur Schulmesskapelle erweitert. Und wir müssen fürs Höllensteinkraftwerk zusätzliche Schichten einlegen!"

Dieses nicht nur für sie, sondern für die ganze Region bedeutende Projekt würde eine Menge Arbeit für sie bringen, denn der Bau dieses Kraftwerkes zur Stromgewinnung, aus dem später auch der Höllensteinsee entstehen würde, hatte gerade erst begonnen. Ja, die Zukunft des Sägewerkes schien gesichert. Nicht nur deshalb war dies heute für Fritz ein schöner Tag.

7. Kapitel

Über den Bayerischen Wald ertönte laut das Signal der dampfenden Lokalbahn Gotteszell-Viechtach, doch noch lauter waren die Geräusche von Sägen und Hämmern, die aus dem Wald zu hören waren und alles andere zu übertönen schienen. Unter der Leitung von Fritz schufteten mehrere Arbeiter im Wald. Auch der Bauer Mayerhofer war unter ihnen. Sie fällten die markierten Bäume und zersägten das Holz.

Hans Mayerhofer schlug mit einer Axt in die Seite einer dicken, alten, mächtigen Tanne. Man hörte deutlich des Bauern erhöhte Atemfrequenz zwischen den Schlägen. Er tat sich sehr schwer. Dies verriet auch sein patschnasses Gesicht. Mit zittriger Hand steckte er einen Metallkeil in die Wunde des Baumes.

Fritz erblickte den Bauern, der in gebückter Haltung auf den Baum einschlug, und ging auf ihn zu. Er bemerkte, dass der Alte Unterstützung nötig hätte, nahm einem anderen Arbeiter die Axt ab, ging zu Mayerhofer und berührte kurz mit seiner Hand kameradschaftlich dessen Schulter. Der Bauer hielt erschöpft inne, drehte sich um und war sichtlich überrascht, Fritz hinter sich stehen zu sehen. Auf Fritz' Kommando hin schlugen beide nun abwechselnd gleichmäßig im Takt auf den Baum ein.

Völlig erschöpft ging Mayerhofer nach einer Reihe von Schlägen zur Seite weg und überließ dem jungen Fritz die letzten entscheidenden Hiebe. Fritz schlug weiter kraftvoll auf den dicken Baum ein. Nach einigen Hieben stoppte er, denn er stellte fest, dass der Baum beim nächsten Schlag bereits fallen würde. Mit einer freundlichen Geste der

Hand lud Fritz Mayerhofer ein, das Werk zu vollenden und die Tanne zu fällen. Mayerhofer sah Fritz dankbar an, führte den letzten Schlag und rief mit ermutigter, lauter Stimme „Achtung! Baum fällt!", sodass es jeder im Wald hören sollte.

Der Bauer stand jetzt neben dem toten Baum und schlug ihm mit der Axt die seitlichen Äste ab. Fritz stand noch bei ihm und sah zu. Für Fritz unerwartet begann Mayerhofer ein Gespräch: „Ich möchte dich morgen zum Essen einladen. Kommst du? Meine Frau kocht hervorragend."

Fritz schaute etwas verwundert drein, denn er kannte Mayerhofer bis dahin gar nicht, und da war da gleich eine solch freundliche Einladung. Mayerhofer unterbrach kurz seine Arbeit und lehnte seine Axt gegen einen Ast. „Ja, das muss man ihr lassen. Vom Kochen versteht sie was." Er wandte sich nun Fritz frontal zu und lächelte ihn an, auf eine Antwort des jungen Mannes wartend.

„Ja, ich komme gerne", antwortete Fritz ihm mit einem schelmischen Grinsen auf den Lippen.

Die Arbeiten im Wald gingen weiter. Sie waren hart und beschwerlich und oft auch nicht ungefährlich. Pferde, kräftige Kaltblüter, zogen von den Arbeitern angetrieben schwere Baumstämme, an Ketten festgemacht, auf dem unwegigen Boden durch den Wald. Die Nacht brach langsam herein. Die Sonne schürte ihre Glut zu einem roten Feuerball und ging am Horizont hinter dem Wald unter.

8. Kapitel

Am Morgen auf dem Mayerhof. Monique war schon im Stall. Sie trug wieder ihre Arbeitskleidung, saß auf einem Schemel bei einer Kuh und melkte diese mit ihren zarten Händen gefühlvoll und in Gedanken versunken.

„Ach, Lotte!", sprach sie die Kuh an. „Du hast es gut! Denn du weißt nicht, was Liebe ist. Ja, du gehst einfach kurz zum Bullen, wie es der Onkel gesagt hat, und irgendwann bringst du ein süßes Kälbchen zur Welt. Sei froh, Lotte, dass du kein Mensch, sondern ein Rindvieh bist!"

Draußen arbeiteten der Bauer und der Knecht daran, mit Brettern den Stall auszubessern. Aus diesem Grunde lehnten mehrere frische Bretter am Stall. Dahinter stand der Bauer auf einer Holzleiter mit Hammer und Nagel in der Hand. Der Knecht stand unter der Leiter und hielt sie für den Bauern mit einer Hand fest und stützte sie zusätzlich mit dem Fuß ab, wie es der Bauer ihm vorher aufgetragen hatte. Denn dieser war vor zwei Jahren schon einmal mit der Leiter umgekippt und hatte Glück gehabt, dass er sich nur zwei Rippen gebrochen hatte, als er damals auf der Wiese aufgeschlagen war und die Äpfel ihm auf den Kopf geprasselt waren. Seither hatte der Bauer großen Respekt vor allem, was sich über zwei Metern Höhe abspielte, und erst recht vor Leitern.

Albert hielt mit der freien Hand ein langes Holzbrett senkrecht hoch, während der Bauer versuchte, dieses mit einem Hammer an die Fassade der Stallung zu nageln. Es war heiß, beide schwitzten stark.

„Halt das Brett gerade! Gerade sollst du es halten!", schrie der Bauer den Knecht an.

„Was?“, fragte Albert nach, der ihn wohl nicht verstanden hatte, weil gerade die vollbusige Hilde an ihm vorbeigeschlendert war, die bei Hitze immer sehr schwitzte und deswegen nicht allzu viel anhatte, was ihm in solchen Fällen interessante Einblicke gewährte. Es war nun mal sehr heiß, und Albert war auch nur ein Mann.

„Gerade sollst du es halten, habe ich gesagt!“, wiederholte der Bauer. Sein Gesicht drückte große Ungeduld aus, und dass er auf der Leiter stehen musste, behagte ihm ohnehin nicht.

„Ja, tu' ich doch!“, versicherte ihm endlich sein Knecht.

Der Bauer holte mit dem Hammer aus.

In diesem Moment bog die Bäuerin um die Ecke, und sie vernahm deutlich den lauten Aufschrei ihres Mannes. Sie schüttelte nur den Kopf.

„Au-a!“, schrie ihr Mann auf und Albert an. „Ich habe doch gesagt, du sollst es gerade halten!“

Mayerhofers Daumen lief blau an und lieferte sich mit seinem roten Kopf einen Wettlauf, welcher Körperteil den Bauern wohl schneller in voller Farbintensität schmücken würde. Er steckte den Daumen in den Mund.

Die Bäuerin stand nun vor ihnen und widmete sich sogleich ihrem Mann: „Na, wer schreit denn da so laut? Willst du unserem Hahn Konkurrenz machen und den Morgen ankündigen?“

„Ja, ich schreie. Aber vor Schmerzen. Heut' bekommen wir übrigens Besuch zum Abendessen. Sei so gut und richte dementsprechend an!“, lenkte Hans seine Frau ab.

Damit hatte er die Neugierde seiner Alten geweckt, der er am Gesicht ablas, dass sie geradezu vor Wissensdrang brannte.

„Wer kommt denn?“, fragte sie ihn mit kaum verhohlener Neugier.

„Der Sohn vom Schwaiger“, antwortete er ihr.

„So? Und wann?"

Der Bauer grübelte. „Ja, wenn ich das jetzt so genau wüsste."

„Du bist schon gut. Lädst Leute ein und weißt nicht mal, wann sie kommen!", belehrte sie ihn.

„Doch, ich glaub', so um sieben", fiel ihm noch ein.

„Na, gut, ich werd' eben für eine Person zusätzlich das Essen richten."

„Wenn er später kommt", schlug er ihr vor, „wärmen wir es einfach auf."

„Wenn du meinst", murmelte sie und war schon im Begriff zu gehen, aber dann drehte sie sich doch noch einmal um und holte aus, um noch etwas zu sagen.

Doch da fiel ihr ihr Mann ins Wort: „Du, sag aber Monika noch nichts davon!"

Und er hellte damit das Gesicht seiner Frau wesentlich auf: „Ja, genau. Die braucht auch nicht alles zu wissen."

„Ja, ja, sag ihr noch nichts", wiederholte der Bauer.

Und zufrieden versicherte sie ihm: „Da kannst du dich drauf verlassen."

Die Bäuerin verschwand wieder um die Ecke. Der Knecht hielt das Brett immer noch in der Hand und nicht vor dem Kopf. Eine Katze, die der Bauer sehr mochte, schmiegte sich um die Leiter. Der Bauer sah seine Katze und erkannte, dass sie trächtig war. Nachdenklich betrachtete er sie und flüsterte ihr zu: „Ach, Miezi, haben's dich wieder ausgeschmiert!"

Der Knecht betrat das Haus und sah auf dem Flur Hilde, die gerade auf dem Boden kniete, einen Eimer Wasser neben sich am Boden stehen hatte und den Fußboden mit einem Lappen putzte. Dabei summte sie und schwenkte ihren Po hin und her. Sie hatte Albert noch nicht bemerkt. Er blieb sichtlich angetan von ihrem Gesumme hinter ihr stehen und sah vergnügt zu. Dann bekam er große Augen, ob er es wollte oder nicht; Fleisch siegte über Geist, wie es wohl schon bei Adam und Eva vom Paradiese her rührte. Er musste es einfach tun. Und so haute er ihr mit der Hand auf ihren Po, dass es nur so schnalzte, und sprach: „Reck deinen Arsch nicht zu weit raus und wackle nicht damit wie ein Lämmerschwanz. Schaut ja sonst aus wie eine Einladung!"

Dann ging er erleichtert an ihr vorbei.

„Ich geb' dir gleich eine Einladung! Blöder Depp!", rief ihm eine sehr verärgerte Hilde nach, die vor Schreck aufgefahren war.

Albert grinste in sich hinein und ging weiter, während Hilde wieder zum Schrubber griff.

9. Kapitel

Die Bäuerin ging zur Anrichte und nahm mit ihren von jahrelanger Arbeit gezeichneten Händen Teller von dem fein säuberlich aufgestapelten Tellerstapel heraus. Das reinste Tellergeklapper war zu hören, denn sie reichte sie an Monique weiter, die nur wenige Schritte von ihr entfernt stand. Monique nahm sie an sich, staunte aber nicht schlecht.

„Wir nehmen heute die Teller?“, fragte sie die Bäuerin.

Von der bekam sie nur ein stures „Ja, wir nehmen heute die Teller“ zurück.

Monique ging an den Tisch und verteilte sie brav. Es war ein Teller zu wenig.

Die Bäuerin kurz angebunden: „Ohne das Gesinde.“

Monique deckte einen Teller wieder ab und nahm ihn in der Hand. „Ein Teller ist zu viel.“

„Nein, der ist nicht zu viel. Leg ihn auf den Tisch und halt den Mund!“

„Na gut“, so Monique. Sie deckte den Teller auf. Dann ging sie zur Bäuerin zurück, die bei der Anrichte geblieben war. Jetzt bekam Monique von der Bäuerin das Besteck in die Hand gereicht. Monique ging wieder an den Tisch und legte es entsprechend aus. Sie machte das sehr gekonnt, denn zu Hause hatten ihre Eltern öfter Besuch gehabt.

Etwas verschmitzt entglitt ihr dann ein: „Hoppla! Hab' ich mich verzählt? Wer bekommt da heute zwei Messer, zwei Gabeln und zwei Löffel? Hm...“

„Ist was?“, fragte die Herrin des Hofes.

Monique legte das überzählige Besteck neben den überzähligen Teller auf den Tisch und traute sich, die

Bäuerin zu fragen: „Wer kommt denn zu Besuch?“ Denn sie war doch zu begierig zu erfahren, wer da heute zu Besuch käme.

Die Bäuerin sagte kein Wort, kein Wort würde über ihre Lippen kommen, und ihr neutraler Blick verriet auch nichts.

Der Bauer kam herein. „Zieht euch heute was Schönes an!“, sagte er. „Vor allem du, Monique-ka!“, musste er nachbetonen und zwinkerte dabei Monique zu. Moniques Erstaunen war ihrem Gesicht deutlich anzusehen.

Der Bauer selbst hatte seinen Trachtenanzug für den Sonntag an, während die Bäuerin und Monique noch ihre Arbeitskleidung trugen. Der Herr des Hofes zog seine edle Taschenuhr aus der Rocktasche, die schon seit mehreren Generationen Besitz der Mayerhofers war und von Generation zu Generation weitervererbt wurde. Er klappte lässig mit dem Daumen den Deckel hoch und warf einen Blick darauf. Dann klappte er den Deckel wieder zu und steckte sie zurück in die Rocktasche. Ob er dies getan hatte, weil er die Uhrzeit wissen wollte oder weil dieses Uhrenritual ihm schlicht gefiel, würde keiner jemals erfahren. Er wirkte wie Nikolaus kurz vor der Bescherung. Monique hingegen war das Kind, welches auf sein Geschenk wartete, unsicher, ob es überhaupt eines geben sollte. So saß sie regelrecht auf glühenden Kohlen voller Ungewissheit, und ihre Blicke, die sie auf den Bauern richtete, sprühten vor Ungeduld.

„Onkel, kommt heute Besuch?“

Der Bauer hielt seinen Zeigefinger vor seinen Mund und schaute von Monique zur Bäuerin, die ihnen gerade vor der Anrichte den Rücken zuwendete. Monique erkannte ihren Fehler und hielt sich die Hand vor den Mund.

„Äh, Bauer, willst du mir nicht sagen, welchen Besuch wir heute erwarten?“

„Nein, noch nicht. Du wirst es gleich sehen!", versicherte ihr Onkel. Er machte ein paar Schritte und sah durchs Fenster.

Endlich war es so weit: „Na, da kommt ja schon der Besuch!", kündigte der Bauer an. Er sah Monique kurz an, fasste ebenso kurz ihre Schulter. Dann würdigte er auch die Bäuerin, die sich ihm zuwandte, eines Blickes. „Lasst euch mal ansehen! Mit dem Umziehen wird's nichts mehr."

„Der Besuch!", brach es aus Monique heraus.

„Monique, sei doch nicht so neugierig!"

Der Bauer ging schnell noch mal ans Fenster, dann zur Zimmertür, öffnete sie, ging hinaus und schloss sie blitzschnell wieder hinter sich. Nun hörte man seine Schritte bis an die Haustür. Dann vernahm man, wie er die Haustür öffnete und sich zwei Stimmen männlichen Geschlechts miteinander unterhielten. Aber die Bäuerin behielt ihren eher neutralen Gesichtsausdruck, während Moniques neugierige Augen flackerten. Beide jedoch spitzten ihre Ohren und versuchten ein paar Wortfetzen aufzuschnappen, verstanden jedoch offenbar nicht viel, wie man ihren Gesichtern ablesen konnte. Monique starrte auf die Tür. Die Bäuerin hingegen tat so, als wäre sie nicht neugierig.

Plötzlich öffnete sich die Tür, und Fritz trat ein. Monique machte große Augen. Genauso überrascht schien Fritz, als er Monique sah.

Jetzt betrat auch der Bauer das Zimmer. Monique öffnete den Mund und bekam ihn nicht mehr zu. Die Bäuerin beobachtete Moniques Reaktion und wunderte sich ein wenig darüber. Und die Elsässerin strahlte aus lauter Freude.

Fritz starrte mit großen Augen auf seinen Flüchtling vom Schützenfest. So standen sie alle in der Mitte der Stube. Der Überraschungseffekt war gelungen, denn keiner der beiden jungen Leute bekam ein Wort über die Lippen.

Der Bauer stellte sich nun vor Fritz und wies mit seiner Hand auf seine Frau. „Fritz, das ist meine Frau, Maria“, stellte er sie vor. Dann wandte er sich seiner besseren Hälfte zu. „Maria, das ist Fritz, der Sohn vom alten Schwaiger.“

„Freut mich“, gab die Bäuerin Fritz die Hand zum Gruß.

„Es freut mich auch, Sie kennenzulernen!“ Aufgeregt warf Fritz dabei einen kurzen Blick zu Monique hinüber. „Ihr Mann hat mir schon vieles über Sie erzählt“, sagte er dann höflich und ergriff die Hand der Bäuerin.

Die Bäuerin sah den Bauern nun kurz an.

„Nur Gutes, nur Gutes, Maria!“, versicherte der Bauer und lächelte.

„So“, sagte die Bäuerin.

Der Bauer deutete auf Monique. „Und das ist Monique, Fritz.“

Langsam, zärtlich und verträumt reichten sich die jungen Leute die Hände. Dabei sahen sie sich an, tauchten einen Moment lang vollkommen in den anderen ein.

„Du bist also die Monique.“

Monique war noch immer sprachlos. Es schien, als habe sie einen dicken Kloß im Hals.

„Na, dann setzen wir uns doch!“, schlug der Gastgeber vor.

Alle nahmen Platz am Tisch. Monique setzte sich neben Fritz.

Die Bäuerin schnitt gleich das Thema an, das sie am meisten interessierte. „Also, Ihr Vater ist der Besitzer des Sägewerkes?“

Fritz bejahte dies, und der Bauer lobte ihn und sagte, was für ein fleißiger, junger Mann Fritz doch sei und dass er es aus seiner Sicht noch weit bringen werde.

Die Bäuerin hatte sich offenbar festgebissen wie ein Haifisch, der einmal bei seiner Beute zugepackt hatte und nicht mehr losließ. „Wenn ich fragen darf, wie sehen Ihre persönlichen Zukunftspläne aus? Haben Sie vor, eines Tages das Sägewerk Ihres Vaters zu übernehmen?“

Diese Frage stimmte ihn etwas nachdenklich. „Nach dem Tod meines Bruders scheint es so zu sein“, gab er ihr zur Antwort.

„Ihr Bruder?“, meinte die Bäuerin.

„Er ist in den letzten Kriegstagen gefallen“, erklärte er kurz; mehr darüber zu erzählen hätte ihn auch zu sehr geschmerzt und wäre dem Abend gewisslich nicht sehr zuträglich gewesen.

Dass ihr dies sehr leidtue, bekundete die Gastgeberin, worauf er weiter ausführte: „Zurzeit führe ich zusammen mit meinem Vater das Sägewerk. Und er weiß, dass er sich auf uns verlassen kann.“

„Auf uns?“, platzte sie heraus.

„Ja, meinen jüngeren Bruder lernen wir gerade im Betrieb noch an. Vielleicht übernimmt auch er eines Tages das Sägewerk? Wir können uns über Arbeit im Moment wirklich nicht beklagen, weil wir viele wichtige Aufträge haben, und uns geht es zum Glück noch gut im Vergleich zur Konkurrenz, trotz der zunehmenden Inflation.“ Fritz konnte seinen Blick dabei nicht von der süßen Monique abwenden, die zurücklächelte.

Tod und Inflation sollten nicht den Abend trüben, wo sich der Bauer so bemüht hatte, ihn vorzubereiten. Der Gastgeber rief deshalb rechtzeitig ein neues Thema auf den Plan, das ihm ohnehin wichtiger schien: „Wie steht's denn mit dem Essen?“

„Ach Gott! Natürlich, entschuldigen Sie mich bitte!“, sprang sie panisch hoch und eilte in die Küche.

Die Verbliebenen vernahmen die Bäuerin durch die Wohnstube trippeln. Endlich waren sie unter sich, und Onkel Hans flüsterte seiner Nichte zu: „Fritz hat mir beim

Holzfällen geholfen." Monique hörte ihrem Onkel aufmerksam zu. Und er meinte weiter: „Da habe ich mir gedacht, ich lade ihn mal zum Essen ein."

Fritz lächelte Monique mit verliebten Augen an, die sein Lächeln erwiderte und Onkel Hans lobte: „Hast du gut gemacht, Onkel!"

Sie schaute zur Tür, ob die Bäuerin hereinkommen würde. Dann stand sie auf, ging zu ihrem Onkel, beugte sich hinab und gab ihm einen Kuss auf die Wange.

Nun war er doch etwas überrascht, und verlegen tat er es ab: „Ja, ist schon gut, Moni..."

„Danke, Onkel", freute sie sich und setzte sich wieder auf ihren Platz neben Fritz.

Onkel Hans zwinkerte ihr kurz zu und meinte: „Bin ich denn der Richtige für einen Kuss von dir?"

Monique errötete.

10. Kapitel

Fritz kam die folgende Zeit ein paar Mal zu Besuch auf den Mayerhof, vor allem Moniques wegen. Doch nie ergab sich dabei für ihn die Gelegenheit, mit Monique allein zu sein, denn die Bäuerin ließ sie nicht aus den Augen.

Obwohl bereits der Herbst seine ersten Tage in den Kalender gestreut hatte, konnte man glauben, es wäre ein wunderschöner, lauer Sommerabend. Sternenklarer Himmel. Monique und Fritz gingen diesmal draußen allein auf dem Hof spazieren, noch in entsprechendem Abstand zueinander, wie es sich nun mal gehörte. Dann blieb Monique vor dem Stall stehen und deutete auf ihn und verriet Fritz ein Geheimnis.

„Da drin sind meine Lieblinge, die Lotte, die Zenzi, die Rosi, die Resi... dann noch der Bärli..."

Nicht Moniques Worte über die Stallbewohner interessierten Fritz – er hatte nur noch Augen für die Elsässerin vor ihm. So tat er das, was er schon lange tun wollte, er näherte sich ihr und fasste sie dabei sanft und behutsam mit einer Hand am Unterarm. Monique wandte ihren Blick auf seine Hand und dann aufwärts auf sein Gesicht.

„Monique, warum bist du mir damals auf dem Schützenfest davongelaufen?", fragte er sie.

Monique schämte sich, den eigentlichen Grund zu erzählen, und so musste sie sich eine plausibel klingende Notlüge einfallen lassen: „Ich bin eben so temperamentvoll, und da ist mir einfach wieder einmal das Temperament durchgegangen."

Diese Ausrede schien nicht erfolgversprechend zu sein, ja etwas dämlich war sie, dachte sich Monique vermutlich, denn sie begann zu stottern, unsicher zu werden, und hielt nun lieber den Mund, vorläufig.

„Und deswegen bist du wie der Teufel vorm Weihwasser abgehauen?“

„Ich hab’ mich heimlich von daheim davongeschlichen“, fiel ihr noch ein. „Was glaubst du, wie die Bäuerin reagiert hätte, wenn sie mich dabei ertappt hätte? Ja, der Teufel wär’ da nämlich los gewesen!“ Und damit hatte sie recht.

Fritz ließ seine Hand von ihrem Oberarm abwärts zu Moniques Hand gleiten und fasste sie zärtlich an. Seine Finger spielten verliebt mit Moniques Fingern. Und Monique reagierte zwar nervös darauf, ließ es aber zu.

„Ist sie so streng?“, fragte Fritz.

Sie nickte.

„Sie hat auf mich gar nicht so einen schlechten Eindruck gemacht.“

Monique sprach mit einem Kloß im Hals: „Jedenfalls mag sie mich nicht. Ich habe gar nichts gegen sie. Ich glaube, aus irgendeinem Grund ist sie auf mich eifersüchtig.“

Fritz lauschte ihren Worten, wobei er sich nah zu ihr hinunterbeugte.

Wie ihr Onkel verstand es Monique glänzend, auf ein anderes Thema zu kommen, wenn es sein musste, und so erzählte sie: „Du, nachts liest sie Romanbücher im Bett. So traurige Liebesgeschichten über herrschaftliche Häuser, reiche Stadtleute. Ein bisserl, mein’ ich, spinnt sie schon. Die reinsten Dramen. Die reden darin alle so geschwollen.“

Fritz lächelte Monique an, während sie ihm weiter verriet: „Ich weiß es, weil einmal hat sie eines in der Stube liegen lassen. Die reinsten Tragödien... sag ich dir.“

Auf diese Worte hin wirkte Monique ein wenig nachdenklich.

„Aber reden wir lieber von uns!“, unterbrach er sie auf freundliche Weise, indem er ihr sanft ins Ohr hauchte.

„Wenn dein Onkel mich damals nicht zum Abendessen eingeladen hätte, hätten wir uns vielleicht für immer aus den Augen verloren."

Er brachte sie damit zum Schmunzeln, was in diesem Moment nicht unbedingt in seiner Absicht lag.

„Ja, ja, mein Onkel. Gell, doch der Zufall wollte es, dass wir uns doch noch begegnet sind."

Fritz war Monique nun sehr nah, sah ihr verliebt in die Augen. Auch die ihren begannen aufgeregt zu funkeln wie die Sterne am klaren Himmel.

„War es Zufall?", flüsterte er.

Monique lächelte und gab ihm darauf keine Antwort. Nun fasste er sie zärtlich an ihren Schultern an.

„Ich glaube, es war Schicksal, dass wir uns wiedergesehen haben."

„Du redest wie die Leute in dem Roman", bemerkte sie leise.

„Nein, das ist echt. Weil so in etwa sahen wir uns beim Tanz an. Du erinnerst dich?"

„Ja. Aber da war Musik. Die Kapelle hat gespielt."

Fritz wurde euphorisch und laut: „Stell dir vor, die Kapelle spielt!" Und dann fügte er langsam und leise an: „Die Musik erklingt und..."

Monique legte den Zeigefinger auf seinen Mund und schloss die Augen, um sich hineinzufühlen. Es schien, als würden beide nun die Musik hören und spüren.

„Still! Ich hör' Musik", flüsterte Monique verträumt.

Auch Fritz schloss jetzt die Augen, und die beiden begannen zu tanzen. Es war eine Musik, die in diesem Augenblick niemand hören konnte, nur die beiden, die dazu bestimmt waren, an diesem Abend danach zu tanzen. Und das taten sie. Was sie hörten, musste herrlich sein, und die beiden gerieten beim Tanzen auf die Wiese hinaus.

In diesem Moment kam ausgerechnet die Bäuerin aus der Haustür. Sie sah die beiden Glücklichen aus der Ferne tanzen. Zuerst wollte sie dazwischengehen, doch aus irgendeinem Grund blieb sie nach ein paar Metern stehen und betrachtete die beiden melancholisch. Das Gesicht der Bäuerin veränderte sich in einen milden Ausdruck. Sie sah den beiden zu und ließ sie gewähren.

Fritz und Monique bemerkten die Bäuerin nicht und tanzten in ihren Himmel hinein, der an diesem Abend frei von Wolken war.

Langsam ging die Bäuerin ins Haus zurück.

Die Petroleumlampe auf dem Nachtkästchen neben dem Bett erleuchtete noch das Schlafzimmer der Eheleute Mayerhofer. Der Bauer lag wieder einmal mit dem Rücken zur Bäuerin im Bett. Und die Bäuerin griff wieder unter ihr Kopfkissen und zog ihren Roman hervor.

„Vielleicht werden wir morgen mit dem Stall fertig. Einige Bretter muss ich neu zuschneiden, weil sich Albert vermessen hat. Erinnere mich, dass ich morgen, wenn ich nach Deggendorf fahre, auch Nägel kaufe", informierte sie der Bauer müde.

Mit diesen Worten schlief die Bäuerin mit dem Buch in der Hand ein. Sie begann zu träumen. Surreale, verschwommene Bilder erschienen ihr.

Im Traum der Bäuerin lagen der Bauer und sie immer noch wach nebeneinander, wie vorher. Nur wirkte alles vornehmer, und die Sprache klang wie aus einem ihrer Romane. Die Bäuerin eröffnete das Gespräch.

„Bist du dir sicher, dass Monika schon im Bett ist?"

Sie drehte sich dabei halb aus dem Bett, gerade im Begriff aufzustehen, doch der Bauer beruhigte sie, indem er seine Hand auf ihre Schulter legte, was er im realen Leben schon so lange nicht mehr getan hatte und was sie so sehr vermisste.

„Ja, sie ist schon im Bett! Glaub mir's!", versicherte er ihr treuherzig.

Die Bäuerin legte sich wieder hin.

„Aber wenn sie nicht im Bett ist, sondern...", wandte sie besorgt ein.

Der Bauer nahm in ihrem Traum seine Hand weg, und die Bäuerin lehnte sich ins Bett zurück.

„Monique ist ein anständiges Mädchen und weiß, was sich gehört", versicherte er ihr.

Die Bäuerin starrte an die Decke, und der Bauer hörte ihr zu.

„Weiß sie das wirklich? Manchmal glaube ich eher, unsere kleine Elsässerin braucht noch eine feste Hand. Und dann, dann..."

„Was und dann?", erwiderte ihr Mann.

Die Bäuerin drehte sich zu ihrem Mann, und beide sahen sich an.

„Bin ich in deinen Augen eine so strenge Frau geworden, dass man Angst vor mir haben muss? Bin ich eine so böse Frau, wie du mir oft das Gefühl dazu gibst? Bin ich denn eine so unausstehliche Frau? Ich bin natürlich nicht mehr so jung wie Monique. Mir fehlt jetzt auch die Unbeschwertheit der Jugend. Die junge, hübsche Fassade... Ich habe in meinem Leben zu viel erlebt, um noch strahlen zu können. Ja, um den ganzen Tag fröhlich zu sein. Fröhlichkeit, Lachen, Monique die Frohnatur! Wie kann sie nur. Ihre Eltern wurden ermordet. Manchmal hasse ich sie deswegen, ja manchmal hasse ich sie deswegen..."

„Monique hat ihre Eltern verloren, ja...", sagte er zu ihr, und zwar im Traum in einem Ton und einer Sprache, wie die Bäuerin sie in ihren Romanen kennengelernt hatte. So war er ihr hier auch gleichwertig. Das fand sie angemessen, während sie ihn immer noch mit einem fast ungläubigen Gesichtsausdruck ansah.

„Gibt es Schlimmeres? Es grenzt an ein Wunder, dass sie sich trotz allem ihre Fröhlichkeit so bewahrt hat. Seien wir froh. Du beneidest also Monique um ihre Fröhlichkeit, um ihre Schönheit… Aber ist es vielmehr nicht das Alter, die bittere Erkenntnis und die Gewissheit, dass du die Zeit nicht mehr zurückdrehen kannst, weil sie sich nicht mehr zurückdrehen lässt? Keiner kann die Zeit zurückdrehen." Eine bittere Erkenntnis, die sie leider nur bejahen konnte.

„Ja, keiner. Das weiß ich nur zu gut."

Ihr Mann dachte kurz nach.

„Und trotzdem, die Fröhlichkeit, die du an Monique so hasst, sie ist es, die mich so sehr an dich erinnert. Genau so warst du auch einmal", erinnerte er sich.

„Ja, wie ich vielleicht noch jung war."

„Ja, wie du noch jung warst. Eine bezaubernde und bildschöne Frau. Die Zeit ist es, die dich verbittern ließ. Und jetzt siehst du Monique, die noch ihr ganzes Leben vor sich hat und noch ihre Jugend besitzt. Ja, zu Anfang, wenn man frisch verliebt ist und heiratet, zählt natürlich all dies, was du an dir jetzt so sehr vermisst. Aber in den Jahren wächst die Liebe zum anderen, und gerade die schlechten Zeiten, die man im Leben erlebt und dann zusammen durchstehen muss, schweißen zusammen."

All ihre bitteren Erlebnisse und Erinnerungen kamen ihr in den Sinn, schwere Stunden ihres Lebens, die es galt durchzustehen: „Ja, wenn man oft nicht weiß, wie man hungrige Mäuler stopfen soll, und vor allem zur Kriegszeit, wo nur noch das blanke Überleben zählt. Und du tagein, tagaus nur noch eines im Kopf hast, wie du für den nächsten Tag etwas zum Essen auftreibst! Bis du an den Punkt kommst, wo du die schlaflosen Nächte nicht mehr zählst…"

Sie stimmte auch ihren Mann nachdenklich, und er sprach: „Irgendwie mit Gottes Hilfe überstehst du dann diese Hölle. Und du hast es geschafft!"

Der Bäuerin stiegen die Tränen in die Augen, und sie saß wach im Bett neben dem Bauern und erzählte weiter: „Aber nein. Dann kommt erst das Schlimmste, was sich mit nichts anderem auf der Welt vergleichen lässt... Du verlierst dein Kind."

Sie weinte stark. Ihr Ehemann nahm sie in den Arm: „Ich weiß, deswegen liebe ich dich, deswegen liebe ich dich! Ich hätte es dir öfter sagen und zeigen müssen."

Er drückte sie fest in seine Arme. Beide sahen sich verständnisvoll an, jeder wusste, was der andere fühlte, und ihr Mann fügte hinzu: „Oftmals ist es besser, dass sich die Zeit nicht zurückdrehen lässt. Denn nur sie kann die Wunden heilen und lässt vergessen, vergessen, vergessen..."

Der Traum der Bäuerin ging zu Ende. Diese letzten Worte ihres Mannes rissen sie aus dem Schlaf, und sie war wieder in der Wirklichkeit, der realen Welt angekommen.

Mit der Schnelligkeit eines Klappmessers, aus dem die Klinge sprang, setzte sie sich im Bett auf und riss die Augen weit auf. Sie hörte dieses letzte Wort wieder und wieder. Schweißgebadet musste sie es realisieren: Sie befand sich wieder in der Realität.

Laut schrie sie auf: „Vergessen! Vergessen! Vergessen!"

Dadurch wurde der Bauer wach und begann im Halbschlaf zu sprechen: „Vergessen? Hab' ich was vergessen? Die Nägel? Nein."

Jetzt drehte er sich zur Bäuerin und betrachtete sie.

„Maria, du bist ja durch und durch nass! Hast du schlecht geträumt?" Er sah sie genauer an, während sie heftig atmend die Hände vors Gesicht hielt. „Es war nur ein Traum!", beruhigte er sie.

Die Bäuerin nahm nun die Hände vom Gesicht, und nachdenklich sprach sie zu ihm: „Ja, es war wohl nur ein Traum."

11. Kapitel

Ein neuer Morgen auf dem Mayerhof'schen Anwesen. Doch zum ersten Mal war Monique nicht alleine, als sie in den Stall zu ihren Lieblingen ging, denn Fritz war nun bei ihr. Er versuchte immer recht nahe bei ihr zu sein. Und er bemühte sich, sie keine Sekunde aus den Augen zu lassen.

Nun setzte sich Monique gerade auf einen Schemel, um eine ihrer Kühe zu melken. Nahezu meisterlich demonstrierte sie ihm, wie man es bewerkstelligt, dass eine Kuh Milch gibt. Zwar nicht stolz, aber zufrieden und etwas neugierig darauf, wie Fritz sich nun anstellen würde, reichte sie ihm ihren Schemel. Er übernahm, band sich den Melkschemel sachgemäß um und setzte sich sogleich darauf zur Kuh hin. Nun fing er an, die Kuh zu melken. Nach kurzer Zeit schaute er in den Eimer und gab ihn wortlos Monique. Sie betrachtete mit prüfendem Blick sein Melkresultat und tat so, als ob dies nicht besonders schwer gewesen sei.

Die Sonne schien. Sonnenstrahlen brachen sich den Weg durch die dichten Bäume des Bayerischen Waldes. Grünes Moos am Boden teilte sich den Platz mit Farnen unter den breiten Zweigen der unterschiedlichen Nadelbäume.

Monique war offensichtlich allein unterwegs und zog ihren Leiterwagen durch den Wald. Dann blieb sie stehen, bückte sich und sammelte Reisig ein.

Knacks – ein Zweig am Boden brach. Aufgeschreckt drehte sie sich um, und da stand zum Glück ihr Fritz vor ihr. Er lächelte sie an. Schnell griff er nach dem Leiterwagen.

Nun zogen Fritz und Monique zu zweit den Leiterwagen. Auf einmal fing Fritz zu rennen an, und die kleine Elsässerin versuchte ihm zu folgen. Plötzlich kippte der Leiterwagen um, und das ganze Reisig fiel heraus auf den Boden.

Monique schüttelte den Kopf. Die ganze Mühe umsonst. Doch anstatt sich zu ärgern, nahm sie es gelassen, ja sie lächelte sogar kurz. Aber dann setzte sie ihre ernste Miene auf, um vor Fritz die Verzweifelte zu mimen. Sie spielte die Rolle gut, und das bereitete ihr Freude.

Dabei übersah sie jedoch, wie Fritz sie dabei ansah. Er nämlich wollte die Situation ausnutzen, sie so richtig in den Arm nehmen und küssen. Er versuchte es.

Monique wehrte ab und zeigte auf den umgekippten Leiterwagen und das Reisig, das überall verstreut auf dem Waldboden herumlag. Sie deutete mit einer Geste der Hand an, dass er ihr jetzt dabei helfen müsse, das Reisig wieder einzusammeln. Er gab gerne nach, und beide machten sich an die Arbeit.

Ein neuer Sommertag hatte begonnen. Nun war Fritz an der Reihe, Monique zu zeigen, was seine Aufgaben waren, immer wenn er im Wald arbeitete.

Sie gingen nebeneinander durch seinen Wald, und er zeigte seiner elsässischen Freundin nach und nach alles, was sie sehen wollte, und beantwortete alle Fragen, die sie ihm stellte, und das waren bestimmt nicht wenige. Auf einmal blieb er stehen und deutete auf ein paar Bäume, die rote Markierungen aufwiesen, weil sie zum Fällen bestimmt waren. Daneben stand ein Häuschen.

Monique sollte warten, bis Fritz wieder zurückkommen würde. So verschwand er kurz im Häuschen. Als er kurz darauf wieder aus dem Holzhaus kam, hielt er einen Zollstab in der Hand. Er packte die überraschte Monique an der Hand, führte sie zu einem Baum und suchte einen der markierten Bäume mit enormem Umfang aus. Jetzt legte er den Zollstab an dem Stamm an. Monique stand hinter ihm und beobachtete aufmerksam Fritz beim Vermessen. Plötzlich drehte er sich um, legte geschickt und geschwind den Zollstab um ihre Taille, nahm perfekt Maß und zog sie mit dessen Hilfe zu sich. Hierbei kamen sich beide sehr nah, zu nah.

Fritz lächelte sie an, drückte ihren Oberkörper mit Hilfe des Stabes langsam zu sich, neigte seinen Kopf nach vorne, um ihr verzücktes Gesicht zu erblicken, und setzte langsam zum Kuss an. Und Monique wollte den Kuss diesmal zulassen. Sie spitzte sogar dazu ihren Mund. Doch dieses Mal brach Fritz den Kussversuch ab, er schaute stattdessen auf den Zollstab, um das Ergebnis ihrer Taille abzulesen. Dazu drehte er sich um.

Empört klopfte Monique ihm auf den Rücken. Fritz lächelte und dreht sich um zu ihr. Dann packte er sie und küsste sie leidenschaftlich. Monique erwiderte heiß und innig seinen Kuss und schmiegte sich an Fritz.

Es war ein herrlicher Tag geworden. Monique und Fritz schlenderten über eine Wiese am Waldesrand, als Fritz ihr einen Kuss gab und sogleich danach fragte: „Was ist eigentlich mit deinen Eltern? Deinen Onkel und deine Tante habe ich ja nun kennenlernen dürfen. Aber was ist mit deinem Vater und deiner Mutter?“

Monique streichelte Fritz ganz zärtlich über die Wange und senkte ihren Blick. Sie blieb nachdenklich stehen, bückte sich, riss einen langen Grashalm ab, starrte darauf, und während sie an Fritz' Seite zurückging, begann sie den Grashalm langsam Stück für Stück den Fasern nach auseinanderzuziehen. Schließlich sollte ihr Freund alles erfahren, und so gab sie ihm zur Antwort, sie seien nicht mehr da, sondern ganz woanders.

Sie ließ den Halm fallen und ging weiter. Fritz sah, dass es Monique schwerfiel, darüber zu sprechen, und er schaffte es noch nicht, ihr daraufhin etwas zu erwidern. So erzählte Monique weiter, sie wären an einem bestimmten Ort, wo sie aber auf sie warten würden, ohne den Namen des Ortes zu erwähnen.

Fritz ahnte, was Monique meinte, wie der Ort hieß, sein Gesichtsausdruck drückte bereits Betroffenheit aus. Dennoch fragte er sie direkt: „Monique, wo sind sie?"

Monique blieb wieder stehen, und ihr Blick richtete sich nach oben. Fritz starrte sie an, und auch er sah nun schweigend gen Himmel.

„Mein Vater hatte mit meiner Mutter einen Traum, und sie zogen ins Elsass. Sie bauten im Elsass Wein an. Mein Vater erfüllte sich so diesen Traum. Er arbeitete und arbeitete. Wir besaßen schließlich große ertragreiche Weinberge. Nur die edelsten Weine lagerten in unseren Fässern. Doch dann kam der Krieg."

„Was geschah mit deinen Eltern?", wollte er weiter wissen.

„Einer dieser Revenands, also Rückkehrer, wird, nehme ich an, das Weingut weiterführen... Ein echter", betonte sie, „Elsässer von einer französischen Kommission eingesetzt. Kein unerwünschter Mischling, dessen Mutter zwar Französin, dessen Vater aber Reichsdeutscher ist", sagte sie.

Und wieder fragte er: „Wo sind deine Eltern, Monique?"

Moniques Blick richtete sich wieder nach oben.

„Dort ganz oben im Himmel", wusste sie mit fester und entschlossener Stimme.

Fritz stand nun neben ihr und war im Augenblick nur zu einem fähig, sie anzustarren und zuzuhören.

Monique sah ihn kampfeslustig an: „Ja, schon gut, jetzt willst du wohl sagen: Monique, sie sind tot, und es ist ungewiss, ob sie dort auf dich warten. Wie naiv, Monique!“ Sie war sich eigentlich sicher, dass Fritz sich niemals so darüber äußern würde, doch waren ihre Wunden einmal aufgerissen, überwältigte der Schmerz ihrer Vergangenheit sie, und einmal im Fluss, war er nicht leicht zu stoppen.

Monique ging wieder weiter und Fritz ebenfalls. Ihr Gesicht war ernst, doch aus ihren Augen sprach eine feste Haltung, ihr unerschütterlicher Glaube.

Ernst und überzeugt versicherte sie Fritz: „Ich glaube fest daran, nein, ich weiß, dass sie von dort oben jetzt genau in diesem Moment auf mich herunterschauen. Und ich bin sicher, eines Tages werde ich ihnen wiederbegegnen und sie wiedersehen. Und alle Ungerechtigkeiten dieser Welt werden ein Ende haben.“

Zu Fritz' Überraschung lächelte sie jetzt.

„Und kommt einmal der Zeitpunkt, dann werde auch ich von dort aus...“, sie sah erneut gen Himmel und fügte hinzu: „...auf dich warten.“

Fritz wollte etwas sagen, doch Monique ließ ihn nicht, denn sie lief von ihm fort. Sie hatte ein Rehkitz entdeckt, dem sie sich unbedingt nähern wollte. Fritz konnte nur noch über die verschiedenen Facetten Moniques staunen: Was war das nur für eine außergewöhnliche junge Frau, in die er sich verliebt hatte?

„Psst!“, flüsterte sie ihm zu.

Fritz sah, wie Monique sich bückte und sachte ein Büschel Gras ausriss. Sie zeigte nach vorne. Das Rehkitz war nun nur noch wenige Meter von Monique entfernt. Sie pirschte sich an das Kitz heran. Ihre Begeisterung stand ihr ins Gesicht geschrieben, und Fritz war der Glückliche, der die Buchstaben dieses Glücksmomentes daraus ablesen durfte.

„Damit dich deine Mutter noch annimmt!“, flüsterte sie und formte das Gras.

„Lass es! Es läuft dir doch davon!“, meinte er leise.

Doch das Rehlein blieb. Fritz war verblüfft, als das kleine Reh wirklich vor Monique stehen blieb. Sie streichelte mit ihren Handschuhen aus Gras das Rehkitz, und dabei lächelte sie immer wieder zu Fritz zurück.

12. Kapitel

Hans Dorfner war nicht nur der Verlierer des Schützenfestes, sondern ein wirklich übler Zeitgenosse. Vor Kurzem hatte er noch für Fritz' Vater im Sägewerk gearbeitet, wurde aber dann entlassen, weil er für den Unfall und Tod eines Arbeiters verantwortlich gemacht worden war. Dies hatte sich zu Beginn des Baus des Höllensteinkraftwerks ereignet. Gerüchten zufolge soll es vorsätzlicher Mord gewesen sein, was man Dorfner aber nicht nachweisen konnte.

An einem Abend trafen Dorfner und Fritz in einem Wirtshaus, dem Goldenen Ochsen, aufeinander. Fritz saß in einer Ecke. Dort trank er ein Bier und wartete auf seinen besten Freund Max. Die Wirtsstube war überfüllt. In einer anderen Ecke gegenüber von Fritz saßen mehrere junge Burschen beisammen. Auch Fritz' Rivale vom Schützenfest her, Hans Dorfner, befand sich unter ihnen.

Gerade betrat Max die Wirtsstube. Fritz gab ihm mit der Hand ein Zeichen. Max zuckte kurz mit den Augenbrauen hoch und ging zu ihm an den Tisch, setzte sich.

Eine Bedienung im Dirndl, ziemlich offenherzig, stand sogleich am Tisch. Freundlich begrüßte sie beide, vor allem auf Max hatte sie schon seit Längerem ein Auge geworfen, und das wusste Fritz' Freund auch.

„Grüß dich, Max, dass du auch wieder mal reinschaust?", lachte sie ihn an.

„Ja, nur wegen dir, Sophie!", blinzelte er. „Du gehst mir einfach nicht aus dem Kopf."

Gerade, dass sie nicht im Gesicht rot anlief. Als Bedienung war sie ja schon einiges von Männern gewohnt, doch Max hatte es ihr angetan.

„Ach, geh! Ich werd' der Grund sein..."

Fritz lächelte und versicherte ihr treu und fest: „Doch, doch, mir hat er auch gesagt, er träumt nur noch von dir!"

Max zwinkerte heimlich Fritz zu.

„Ja, ja, das stimmt. Ich kann schon gar nicht mehr schlafen wegen dir!", zog Max sie nun auf.

„Ach geh!", grinste Sophie.

Max packte sie an der Taille und zog sie zu sich auf seinen Schoß.

„Magst du dich nicht ein bisschen zu uns hersetzen?"

Sanft löste sie Max' Hände von ihrer Taille und erhob sich wieder.

„Jetzt hab' ich keine Zeit", sagte sie und stellte ihm in Aussicht: „Aber vielleicht später? Was darf ich dir bringen?"

„Ein Helles bring mir, Sophie!", zwinkerte er ihr zu.

Sie lächelte ihn an, nickte und verließ den Tisch.

Max und Fritz unterhielten sich über Sophie und ihre Qualitäten, die auch noch so unverschämt viel Holz vor der Hütte hatte, wie Max meinte, und beide waren sich einig über ihre Lieblingsbedienung: Spätestens seit heut' könnte sie wegen Max nicht mehr ruhig schlafen.

Jetzt hörten Max und Fritz an einem Tisch weiter hinten ein paar Burschen reden – laut genug, um aus diesen Stimmen Hans Dorfner herauszuhören, den Verlierer des Schützenfestes. Dorfner bemerkte laut und deutlich in die Runde, gegen Fritz gerichtet: „Der Nichte vom Mayerhofer sollen ja recht viele hinterher sein, weil sie ganz scharf auf die Kleine sind."

Fritz drehte sich – noch mit kühlem Gesichtsausdruck – in die Richtung des Tisches, von wo die Beleidigungen gekommen waren.

Auch der Metzgerlehrling Josef dachte sich, er müsse seinen Senf dazugeben, und stimmte Dorfner zu: „Ja, der

Knecht vom Mayerhofer soll auch ganz verrückt nach ihr sein. Sie heißt Monique!"

Er betonte dabei absichtlich die letzen drei Buchstaben ihres Namens wie ein Räuspern im Hals, als hätte er Schleim im Rachen hochgewürgt, und fand es auch noch witzig.

Zufällig saß aber auch Albert, der Knecht vom Mayerhof, ausgerechnet an einem der Nebentische. Er hatte sich offenbar vorgenommen, sich auf keinen Fall stören zu lassen. So aß und trank er weiter. Ob ihm das Essen jedoch noch so schmeckte wie zu Beginn?

Auch Dorfners jüngerer Bruder, der geistig etwas zurückgeblieben war, dachte, er unterstütze seinen Bruder mit einer glorreichen Vermutung, und stammelte: „Ja, ja, da-das stimmt! Hat-hat er sie schon nackt gesehen, die Monique!"

Max beobachtet jede körperliche sowie geistige Regung seines Freundes Fritz. Fritz' Gefühlszustand änderte sich mehr und mehr ins Negative. Und seine Miene wurde sehr ernst. Mit seiner rechten Hand zerquetschte er fast die Stuhllehne. Er bewegte sich aber noch nicht, blieb auf der Lauer, wie ein Krokodil, kurz bevor es zuschnappt.

Und Dorfner ließ sich weiter aus über Monique. „Seit Neuestem soll sie dem neuen Schützenkönig, der mehr Glück als Verstand hat, den Kopf verdreht haben. Ich frag' mich, was sie an dem findet?"

Dorfners Bruder Willi wusste es am besten: „Sie ist eben ein Waisenkind. Vielleicht muss er sich um sie kümmern?"

Dorfner starrte in die Ecke, wo Fritz saß, als würde er ihn schon erwarten. Fritz sah Dorfner mit bösem Blick an.

Dann war wieder der schlaue Josef an der Reihe, der natürlich der gleichen Meinung war wie Dorfners Bruder und ihm zustimmte: „Ja, genau, das könnte sein! Vermutlich hat sie einen Vaterkomplex!" Die Burschen lachten.

Es war Hans Dorfners großer Moment, Fritz vor versammelten Leuten zu blamieren: „Sie soll aber auch schon ein rechtes Flittchen sein, hab' ich gehört. Na, so eine französische Hure ist mal was ganz anderes. Die sollen ja sehr gut im Bett sein. Ja, wenn sie sonst nichts können, davon verstehen sie was!"

Fritz' Toleranzgrenze war erreicht, der Geduldsfaden war gerissen und er stand auf. Max wollte ihn besänftigen. Einerseits rief er dazwischen, andererseits versuchte er Fritz mit Handzeichen zu beruhigen, er möge sich doch wieder setzen und nichts auf die Worte des Schützenfestverlierers geben. Und er hatte Erfolg damit. Fritz gab noch einmal nach und setzte sich wieder hin.

Doch Dorfner hatte nicht genug. Er wollte Fritz bis auf Mark und Bein provozieren. „Für mich wär' sie ja nichts! So eine Dahergelaufene! Ja, die würd' ich nicht mal mit der Zange anfassen wollen!"

Fritz konnte jetzt nicht mehr still sein, und es konnte ihn auch nichts mehr aufhalten. Fritz erhob sich ruckartig. Man hörte in der Stube ein lautes Krachen des Stuhles. Dieser lag nun am Boden. Und unheimliche Ruhe breitete sich aus.

Auch Max und Albert standen auf. Sie blieben vorerst stehen und verfolgten gespannt, wie Fritz' Reaktion ausfallen würde. Der junge Schwaiger schritt entschlossen an Dorfners Tisch, an dem inklusive Hans Dorfner sechs Burschen saßen, die nun nicht mehr lachten und sich lustig machten, sondern gespannt auf Fritz blickten. Dorfner sah Fritz immer noch provokant an.

Fritz wandte sich mit scharfem Blick Dorfner zu. „Sie ist Elsässerin! Keine Französin also! Ihr Vater war Reichsdeutscher! Mach du mir nicht mein Mädel schlecht! Ich sag dir's! Nimm sofort alles zurück, was du gerade gesagt hast! Oder..."

Dorfner lachte auf: „Was oder? Die Wahrheit wird man wohl noch sagen dürfen! Hab' ich recht?", gab er als Frage an den Burschen am Tisch weiter.

Blitzschnell packte Fritz Dorfner an seinem Hemdkragen und zog ihn hoch. Dann hielt er ihn fest.

„Ich könnt' dich jetzt ungespitzt in den Boden hauen. Aber das mach' ich nicht, sonst lernst du nicht, wie man sich richtig entschuldigt. Und das bring' ich dir jetzt bei!"

Dorfner lachte nochmals auf und wollte dadurch der Runde zeigen, dass er sich nicht einschüchtern ließ, schon gar nicht von Fritz, der zudem einen halben Kopf kleiner war als er, der Riese aus dem Bayerwald, wie er sich gerne nannte.

„Hört ihr? Er will mir was beibringen, und entschuldigen soll ich mich! Ha ha... Kehr doch vor deiner eigenen Tür den Dreck weg, bevor du und dein Schlampen darin versinkt!"

„Fritz, sei gescheit", meinte Max, legte seinem Freund kameradschaftlich die Hand auf die Schulter und fügte hinzu: „Lass ihn! Er kann es ja bloß nicht verkraften, dass er beim Schützenfest gegen dich den Kürzeren gezogen hat."

Aber Fritz drückte Dorfner wütend noch fester am Hemdkragen, dass man meinen konnte, die paar angenähten Knöpfe seines Rivalen würden gleich herabspringen. Doch dann ließ er ihn wieder los und auf den Stuhl niedersinken. Er roch Dorfners Fahne, und einen Betrunkenen würde er nicht schlagen.

Fritz ließ also von Dorfner ab und ging an ihm vorbei, doch da er es nicht auf diese Weise belassen konnte und er ein listiger Bursche war, trat er für alle völlig unerwartet mit dem Fuß gegen das Bein des Stuhls, auf dem Hans saß, und das mit solcher Heftigkeit, dass dieser Widerling mitsamt dem Stuhl umkippte und mit voller Wucht auf seinem Allerwertesten aufschlug.

So lag der Riese auf dem Rücken am Boden und war nun wesentlich kleiner als Fritz. Jetzt lachten sogar seine eigenen Leute über ihn.

Aufs Äußerste gekränkt stand Dorfner auf und zog sein Messer aus der Tasche seiner speckigen Lederhose. Sein Blick war hasserfüllt. Dann drückte er auf den Messerknauf seines Springmessers, sodass die Klinge heraussprang. Mit dem Messer in der Hand ging er auf Fritz los.

„Das hättest du nicht tun sollen!“, drohte er ihm.

Sogar sein eigener Bruder Willi hielt das Verhalten seines großen Bruders für falsch und fragte ihn, was denn das solle.

Max und der Knecht kamen angerannt. Fritz winkte jedoch ab, damit sie sich raushielten. So blieben sie vorerst stehen, warteten ab, was nun geschehen würde.

Dorfner fuchtelte mit dem Messer herum und stach nach Fritz. Fritz versuchte auszuweichen, zunächst.

„Verzogenes Sägewerkssöhnchen“, geiferte Dorfner. „Euer Sägewerk sollte man am besten samt Inhalt abfackeln. Wie jetzt gerade die Holzwarenfabrik vom Petzold. Das kann recht schnell gehen. Den, der's da war, den hat man immer noch nicht erwischt.“

Fritz: „Warst du's? Du weißt ja, was man mit so einem Feuerteufel macht? Den, der damals das Feuer vom Sägewerk Heiß gelegt hat, den hat man gefasst, verurteilt, und dann hat man ihm wie einer Ratte den Kopf abgeschlagen“, wusste Fritz, der seinen unberechenbaren Gegner auf Distanz zu halten versuchte.

„Weiß schon! Ist aber schon lange her, Kleiner!“ Und dann wiederholte er sinnlos: „Weiß schon! Ist aber schon lange her, reicher Schwaiger Bua! War eben ein Racheakt, und vielleicht war es ihm das ja wert, dafür den Kopf zu verlieren, was hat man denn noch in diesen Zeiten zu verlieren? Den Fabrikanten und Großgrundbesitzern wird's immer gut gehen! Ihr druckt ja, wenn's nötig ist, noch euer eigenes Notgeld! Ihr könnt ja den Hals nicht vollkriegen! Wie viel hat dein Vater bekommen von den Straubingern für den Grund im Regental fürs Kraftwerk am Höllenstein, ha?" meinte Dorfner, der immer näher mit seinem Messer auf Fritz zukam.

Fritz konnte jedoch immer wieder ausweichen und bewegte sich nun rückwärts. Er ergriff eine Flasche von einem der Tische, zerschlug sie schnell an der Tischkante und hielt sie als Waffe mit der scharfen Spitze nach vorn in Richtung seines Gegners.

Dorfners Leute sprangen alle auf. Der Wirt, der geschockt hinter der Theke stand, rief laut dazwischen: „Hört sofort auf! Ich hole die Gendarmerie!"

Doch die beiden Kampfhähne gingen weiter aufeinander los.

Der Gastwirt trug nun Sophie auf, die gerade aus der Küche kam, unverzüglich die Gendarmen zu holen. Sie eilte davon. Keiner der Burschen traute sich einzugreifen. Max' Gesicht sprach Bände, er konnte es nicht mehr mit ansehen, wie sein Freund in Gefahr war, er war entschlossen, etwas zu unternehmen, seinem besten Freund beizustehen.

Fritz wollte nicht mehr ausweichen, sondern mit Dorfner kämpfen, es ihm zeigen, ihn zum rechten Moment angreifen, es stand zu viel auf dem Spiel. Doch plötzlich verharrte er in seiner Position und schrie laut auf: „Max! Nein!"

Er sah nämlich, wie sein bester Freund von der Seite her auf Hans Dorfner sprang. Doch der wich ihm rechtzeitig aus, drehte sich zur Seite und durchdrang mit dem Messer Max' Brust.

Max krümmte sich, während Dorfner sogleich das Messer aus dem Leib seines Opfers zog.

Fritz' Gesichtszüge erstarrten. Er war nur noch in der Lage zu schreien. „Nein, Max, nein!"

Max sank wie ein Reifen, aus dem man die Luft herausgelassen hat, zu Boden. Es schien kein Leben mehr in ihm zu stecken. Kein Laut, kein Zucken, nur noch Blut drang aus seinem Körper.

Dem stolzen Sägewerkssohn glitt der Flaschenrest langsam aus der Hand, fiel zu Boden und zerbrach. Er starrte auf Max, der regungslos auf dem Boden lag. Auch Albert stand paralysiert da und lief kreidebleich an.

Dorfner stand mit blutverschmierter Hand starr da. Er blickte verstört umher in die Runde, das Messer noch in der Hand, an dem das Blut herabtropfte. Plötzlich durchfuhr ihn ein Ruck, und er lief aus der Stube hinaus.

Dorfners Kameraden waren geschockt, während Fritz bei Max kniete und ihm leise Mut zusprach. Den anderen befahl er, so schnell wie möglich Doktor Pichler zu holen.

Max' Hemd war von Blut getränkt. Er öffnete die Augen und erkannte Fritz, seinen besten Freund. Dieser hatte seine neue Wildlederjacke zusammengerollt und legte sie als Kopfkissen vorsichtig unter den Kopf seines Kameraden.

„Fritz, hilf mir! Bitte hilf mir! Ah! Das tut so weh! Ich krieg gar keine Luft mehr", stöhnte Max mit schwacher, trockener Stimme.

„Max, wir bringen dich schon durch", ermutigte ihn sein bester Freund, „und alles wird gut. Max, glaub mir's!" Er flüsterte weiter beruhigend auf Max ein, während er dessen Hand gefasst hielt.

„Ich musste dir helfen, Fritz", erklärte sein schwer verletzter Freund ihm und fügte mit schwacher Stimme an: „Die Sau hätte dich sonst abgestochen."

Er dürfe jetzt nicht mehr so viel reden, bat ihn Fritz. Vorsichtig riss er dessen Hemd auf, um die tiefe Wunde zu betrachten.

Albert starrte auf die beiden. Er wirkte hilflos und betroffen zugleich, obgleich er gerne etwas für Max getan hätte. Doch er war sichtlich mit der Situation überfordert, und er sah, wie Fritz sein Möglichstes für seinen besten Freund unternahm.

Fritz blickte in die Runde und bat die Anwesenden um ein sauberes Tuch. Der Wirt reichte ihm eines.

Max konnte nur noch vor Schmerz stöhnen. Aus seinem schweißgebadeten Körper floss das Blut, und sein Freund wusste, er musste die Blutung irgendwie stoppen, zu kritisch war der Zustand seines besten Freundes, den er um keinen Preis verlieren wollte. Das starke Band, welches beide seit ihrer Kindheit verband, die tiefe Freundschaft – und jetzt diese tiefe Wunde, die sein größter Feind verursacht hatte und seinen besten Freund zwingen könnte, das Leben auszuhauchen. Während er in das schmerzverzerrte und von Erschöpfung schwer gezeichnete Gesicht blickte und das Tuch auf die Wunde drückte, erinnerte sich Fritz in diesen Sekunden an alles, nahezu an jede Einzelheit ihrer gemeinsamen Erlebnisse und an die Geheimnisse, die nur zwischen zwei starken Freunden ausgetauscht werden.

Beide sahen sich in die Augen, und Max gab keinen Laut von sich im Vertrauen auf seinen Freund.

13. Kapitel

Ein paar Stunden waren inzwischen vergangen, und mit heftigem Klopfen an der Tür wurde die Bäuerin aus dem Bett geholt. Mit einer Petroleumlampe in der Hand hastete sie im langen Nachthemd den Flur entlang.

„Ja, ja, ich komm ja schon!", rief sie dem Klopfgeräusch entgegen und öffnete auch schon griesgrämig die Haustür – bei der Betrachtung ihres Gesichtsausdruckes hätte man auch den Ausdruck „miesgrämig" verwenden können, wenn es dieses Wort denn gäbe. „Es gibt Leute, die müssen morgens früh raus und brauchen ihren Schlaf", fiel ihre Begrüßung aus, als sie die Tür öffnete.

Vor ihr standen ihr Knecht und Fritz. Letzterer war kreidebleich, und Blut klebte an seinem Hemd sowie an seinen Händen. Weit riss sie die Augen auf, und blankes Entsetzen fuhr ihr in die Glieder.

„Was ist denn? Wie sieht ihr denn aus?"

Fritz war sprachlos. Der Knecht hingegen ließ seiner Aufregung freien Lauf, indem er zu erzählen begann. „Ach, Bäuerin!", sagte er aufgeregt zu ihr. „Im Goldenen Ochsen hat's eine Messerstecherei gegeben, und der junge Eder... Der Dorfner hat dem jungen Eder sein Messer reingerammt..."

Fritz starrte weiterhin geradeaus, völlig in Gedanken versunken, doch plötzlich unterbrach er die Ausführungen des Knechts. Seine Stimme war dunkel. „Die Sau hat..." Er stockte und fragte Frau Mayerhofer, ob er kurz hineindürfe.

Etwas verwirrt, gerade erst aus dem Schlaf gerissen, bat sie ihn in ihr Haus. Die Männer betraten den Hausflur, und die Bäuerin führte sie in die Bauernstube zu dem Ecktisch, an dem der Bauer noch vor nicht allzu langer Zeit Fritz und Monique zusammengebracht hatte.

Die Bäuerin stellte die Lampe auf dem Ecktisch ab. Entkräftet setzte Fritz sich auf den Stuhl.

„Ist er tot?", fragte ihn die Bäuerin.

Erschöpft legte Fritz den Kopf in seine Handflächen. Seine Augen waren glasig im Licht der Petroleumlampe, die den dunklen holzvertäfelten Raum erhellte.

Die Bäuerin sah Albert an, der wie aus der Pistole geschossen versuchte, hektisch das Befinden von Fritz' Freund Max zu schildern: „Der Doktor Pichler ist zwar gleich gekommen, er sagt, Max hat viel Blut verloren. Er kann nicht sagen, ob er durchkommen wird, weil so nah am Herzen der Einstich ist. Der Hilfe von Fritz sei es zu verdanken, dass Max nicht im Goldenen Ochsen verblutet ist."

„Nein...", tönte es durch den Raum. Klar und deutlich, doch sehr trocken war die Stimme von Fritz. „Ich bin schuld. Mich wollte der Dorfner erwischen."

Die Bäuerin zeigte zum ersten Mal, seit Fritz sie kannte, so etwas wie Gefühl und Mitleid für ihn. Sie legte die linke Hand auf seinen Rücken und beugte sich zu ihm herab. Fritz blickte zu ihr auf und fragte sie, ob denn Monique noch auf sei. Darauf fragte sie, ob sie Monique aufwecken solle, oder ob er was zu trinken wünsche.

„Nein..." Fritz überlegte kurz. „Nein, lassen wir sie schlafen. Es ist besser, ich gehe jetzt wieder." Und er sprang auf, verließ hastig den Raum und entfernte sich raschen Schrittes vom Mayerhof.

Die Bäuerin schloss die Tür hinter Fritz, ging wieder auf den Ecktisch zu und setzte sich auf den Stuhl, wo Fritz soeben noch gesessen hatte. Der Knecht saß ihr direkt gegenüber.

„Wie blass der ausgesehen hat“, sagte sie, und Albert meinte, dass das Ganze ihn sehr mitgenommen hätte.

Dann erhob sich die Bäuerin wieder und schüttelte den Kopf. Sie drehte sich um und starrte ihren Knecht an. Ihr Gesichtsausdruck verriet ihm, dass sie jetzt alles genau wissen wollte. Und davor hatte er immer Angst, wenn dieser Moment eintrat, denn er kannte seine Arbeitgeberin nur zu gut. Er fürchtete die wortgewaltige Bäuerin und ihre gnadenlos gezielten Fragen geradezu. Damit konnte er nichts anfangen und schon gar nicht Schritt halten. Sie war eine Ausnahme in dieser Region. Er wusste, sie war ziemlich gebildet. Und keiner wusste, wie viele Bücher sie schon gelesen hatte. Das alles war ihm immer unheimlich, und es verunsicherte ihn sehr. Ein Hauch Stan-Laurel-Dummheit stieg in ihm auf, die sich auch noch mit Verlegenheit paarte; sie durchfuhren ihn nicht bloß, nein, das auch noch – sie blieben. Und die Bäuerin setzte sich mit ihrer zurechtgelegten Taktik vor ihn hin.

„Der, der hat Moni vor allen im Goldenen Ochsen schlecht machen wollen. Er hat behauptet, Moni...“

„Ja?“, bemerkte sie.

„...verdrehe jedem den Kopf!“, wusste er.

„Red nur!“

„Weil sie eine Franzosenhure ist. Und jetzt verdrehe sie Fritz, dem Schützenkönig, seit dem Schützenfest den Kopf.“

„Weiter! Lass dir doch nicht jedes Wort...“

Jetzt kam Albert in Fahrt. „Ich glaub' ja, dass der Dorfner es bloß nicht verkraften konnte, dass nicht er dieses Jahr Schützenkönig geworden ist. Was war da noch? Ja, genau. Er würde eine solche Dahergelaufene nicht mal mit dem...“

„Womit?“

Der Knecht zögerte: „...Schürhaken anfassen wollen. Ja, so war's.“

Die Bäuerin lief rot an.

„Was? Seit dem Schützenfest, hast du gesagt? Seit dem Schützenfest verdrehe sie ihm den Kopf?"

„Ja, seit dem Schützenfest", bejahte Albert, der sich am liebsten klammheimlich davongeschlichen hätte in das tiefste Mauseloch.

Sie starrte erstaunt geradeaus. Ihre Stimme wurde leiser.

„Ja, dann kennen sich die ja schon länger", stellte sie fest und erhob sich langsam vom Stuhl. Mit zusammengekniffenen Augen kam ihr die für sie bittere Erkenntnis: „Und als Fritz zu Besuch kam, haben sie so getan, als würden sie sich nicht kennen. Das ist also eine eingefädelte und abgemachte Sache. Die stecken alle unter einer Decke..."

Sie überlegte kurz. Dann wandte sie sich vom Knecht ab und schritt nachdenklich durch den Raum.

„Zum Schluss weiß der Bauer auch Bescheid. Und nur ich, ich sollte von allem nichts erfahren. Ohne mein Wissen hat er sie aufs Schützenfest gehen lassen", folgerte sie, während Albert auf der Bank am Ecktisch klebte und in den kurzen Pausen immer einmal kräftig durchatmete, wenn die Bäuerin ihm gerade den Rücken zukehrte.

Doch dann setzten sich seine Gehirnzellen doch noch in Bewegung, denn schließlich sah sie ihm nicht mehr direkt in die Augen und er spürte nicht mehr ihren Atem auf seinem Gesicht, wenn sie sprach. Er dachte wohl ebenfalls nach. Und war nun kein Stan Laurel mehr, behielt jedoch seine Gedanken besser für sich.

„Alles heimlich. War das Schützenfest nicht an dem Abend, wo sie früher ins Bett gehen wollte?", fuhr sie fort. „Er hat sie gehen lassen. Vielleicht hat er es sogar eingefädelt?", vermutete sie.

„Aber Bäuerin!", meinte Albert.

Sie wandte sich ihrem Knecht wieder zu, drehte sich um und marschierte wie ein Feldwebel auf den Ecktisch zu.

„Du sagst kein Wort von dem, was du gerade gehört hast!“, befahl sie ihm, und um ihrer Anweisung noch mehr Nachdruck zu verleihen, fügte sie hinzu: „Ist das klar? Sonst warst du die längste Zeit Knecht auf diesem Hof. Verstehst du?“

„Ja, Bäuerin“, nickte er gehorsam.

„Geh jetzt zu Bett!“

„Ja, Bäuerin.“

Albert stand auf. Die Bäuerin begleitete den Knecht durch die Stube bis zur Tür. Er schaute noch einmal kurz zurück.

Nun war sie allein. Sie stützte sich mit beiden Händen auf der Kommode ab, wie ein angeschlagener Boxer. Mit dem Handballen der rechten Hand wischte sie kurz über ihr rechtes Auge. Es war nicht zu erkennen, ob sie Tränen in den Augen hatte.

Dann zog sie die rechte Schublade aus der Kommode und holte ein altes, etwas vergilbtes Schwarzweißfoto heraus. Es war ihr Hochzeitsfoto, ein Bild aus glücklicheren Tagen. Der Bauer und sie waren damals noch sehr jung gewesen.

Die Bäuerin ging zum Stuhl, setzte sich und legte das Foto auf den Tisch. Sie hielt sich den Kopf mit beiden Händen, die sich in ihren Haaren festkrallten, und starrte auf das Bild. Die Bäuerin musste schlucken, ihre Augen waren feucht. Dann nahm sie ihre verkrampften, zitternden Hände aus den Haaren und zerriss das Bild der Länge nach.

Die Bäuerin begab sich ins Schlafzimmer, wo ihr Ehemann immer noch schlief. Nahezu leblos war ihr Blick, ihre glasigen Augen drückten aus, wie müde sie war, so müde, dass sie kaum mehr in der Lage war, irgendetwas zu bewegen. Leise ging sie aufs Ehebett zu und sah stumm auf ihren Mann.

Als sie sich wieder bewegte, knarrte der Holzboden etwas, und der Bauer wurde wach. Mit müden Augen blinzelte er seine Frau an und fragte schläfrig: „Was war denn?"

Ihr Blick verweilte einige Zeit auf seinem Gesicht. Dann erwiderte sie ihm: „Ich erzähle es dir morgen. Ich bin schon sehr müde. Ja, sehr müde. Gute Nacht!"

14. Kapitel

Am nächsten Morgen waren alle Leute vom Mayerhof früh auf und fleißig damit beschäftigt, das Gras zu mähen. Das Sonnenlicht spiegelte sich noch einmal kurz auf der scharfen, geschliffenen Seite einer Sense, bevor dunkle Wolken sich vor die Sonne schoben und sie verdeckten. Diese Sense, in Bewegung gesetzt, köpfte mit einem kräftigen Zug jeden Grashalm und durchtrennte die schon zu lang gewordenen Hälse im Hauch einer Sekunde. Der Bauer führte sie, bekleidet mit einer grauen fleckigen Arbeitshose, die am Knie und im Pobereich schon einige Male geflickt worden war, sowie einem schmutzigen, schon halb durchgeschwitzten Hemd.

Am Horizont drohte der dunkel bewölkte Himmel mit Regen und Gewitter. Dunkle Wolkentürme schienen kurz vorm Platzen zu sein. Auf einer Anhöhe stand Albert, der ebenfalls die Sense schwang. Wenige Meter entfernt von ihm schoben Monique und Hilde das gemähte Gras mit ihren Rechen zusammen, um später daraus Strohmännchen aufstellen zu können. Sie trugen Kopftücher und krümmten ihre Rücken.

Hilde warf einen Blick zu Monique hinüber und fing an zu reden: „Hast du schon gehört, was gestern im Goldenen Ochsen los war? Da sind sie alle mit Messern aufeinander losgegangen.“

Etwas ungläubig war Moniques Blick, als sie die Worte aus Hildes Mund vernahm. Doch die erzählte munter weiter: „Ein paar sollen auch abgestochen worden sein!“

„Was? Ach, du übertreibst bestimmt wieder, Hilde“, erwiderte Monique.

„Nein, ich übertreibe nicht! Glaub mir's!" Und dann wusste sie noch: „Dein Fritz war auch dabei!"

Monique war schockiert. Sie sprang auf, ließ alles stehen und liegen und lief davon, die Abhangseite hinunter, wo der Bauer nicht war. Dieser war im Moment gar nicht zu sehen, denn er hatte sich von ihnen zu weit entfernt. Somit bekam er davon nichts mit. Albert schaute zu Hilde hinüber, unterbrach seine Arbeit und fragte Hilde, was denn mit Monique los sei. Die Magd stellte sich gerade vor ihm hin, um auch ihn an den Neuigkeiten teilhaben zu lassen: „Wegen der Messerstecherei gestern, wegen ihrem Schatz! Es soll gestern Blut geflossen sein im Goldenen Ochsen!"

Albert begriff und bezeichnete Hilde als dumme Kuh, weil ihm diese Worte am schnellsten in den Sinn kamen, er diesen derben Ausdruck der Situation angemessen fand und Hilde es ohnehin nichts ausmachen sollte, weil sie diese von der Bäuerin her gewohnt sein durfte. Sodann warf er seine Sense zu Boden und lief Monique hinterher den Abhang hinab. Zum Glück war Monique noch in Sichtweite, und so schrie er ihr zu:

„Moni, Moni, bleib doch stehen!" Er lief weiter hinab zu Monique und konnte ihr gegenüber einige Meter aufholen. „Moni, warte!"

Monique hielt inne. Albert erreichte sie, atmete heftig, war völlig außer Atem. Monique drehte sich zu ihm um. Aufgewühlt, mit ihren großen Augen, aus welchen blankes Entsetzen abzulesen war, starrte sie ihn an.

„Moni, bleib doch da", meinte ihr brüderlicher Freund. „Du kannst jetzt nicht weg! Bringt doch nichts!"

„Albert, ist Fritz was passiert?", fragte sie ihn aufgeregt.

„Max, sein bester Freund, ist schwer verletzt worden."

„Und Fritz? Was ist mit Fritz?", unterbrach sie Albert.

Albert senkte den Kopf, und mit leiser Stimme stellte er ihr die Frage, deren Antwort er schon kannte: „Du magst ihn schon sehr, den Fritz?"

Monique schwieg dazu. Sehnsuchtsvoll hoffte sie auf eine Antwort Alberts bezüglich Fritz, die sie beruhigen würde. Und da war sie: „Ihm ist nichts passiert." Der schwere Stein der Angst löste sich aus ihrem Herzen; höchstwahrscheinlich konnte Albert mithören, wie er herabfiel.

Monique atmete tief und erleichtert durch. Doch ihr Körper zitterte immer noch, aufgewühlt von der Ungewissheit über ihren Fritz.

„Obwohl der Dorfner ihn erwischen wollte. Aber die Bäuerin hat es mir verboten", rutschte es Albert in einem Moment der Unbedachtheit heraus.

„Was hat dir die Bäuerin verboten?", platzte Monique verärgert heraus.

„Dir ein Wort davon zu erzählen."

„Wovon?"

„Ja, von allem."

Er zögerte, rückte mit der Sprache nicht heraus, er war einfach wieder Stan Laurel. Monique fasste ihn an den Schultern. Das kleine Persönchen packte ihn so heftig, schüttelte das gestandene Mannsbild von einem Knecht durch wie einen Birnbaum bei der Ernte.

„Sprich doch endlich!", fuhr sie ihn an.

Von dieser Seite kannte Albert die kleine liebe Elsässerin gar nicht. Er begann zu stottern:

„Da-dass Fritz gestern noch da war, und von der Messerstecherei halt. Er war schon sehr blass."

Monique hingegen wurde immer ungeduldiger: „Wer?"

„Ja, Fritz. Sag bitte der Bäuerin nicht, dass ich's dir gesagt hab'. Du kennst sie ja."

„Ja, ich sage ihr nichts. Sag aber du meinem Onkel, er soll sich keine Sorgen machen! Ich musste dringend weg."

„Zu Fritz?"

Und fort war sie, nicht mehr einzuholen.

15. Kapitel

Kurze Zeit später trippelte Monique durch den Flur im Haus des Mayerhofes – die Haustür stand offen. Sie gab acht, dass sie von der Bäuerin nicht gesehen wurde. So schlich sie den Flur entlang vorbei an der Wohnstubentür und war gerade im Begriff, eine Tür weiter in die Küche zu gehen, als sich ausgerechnet die Küchentür langsam von innen öffnete. Monique lief schnell wieder zurück zum Hauseingang und sprang mit einem großen Satz nach draußen.

Monique spähte hinter dem Türstock vorbei in den Flur und sah die Bäuerin aus der Küche kommen und die Wohnstubentür öffnen. Sie verschwand in der Wohnstube und schloss die Tür hinter sich.

Monique schlich erneut mit großen Schritten in den Flur zur Küchentür. Sie öffnete sie langsam. Die Tür quietschte. „Gehört unbedingt mal geschmiert!“, dachte sie sich und schlüpfte hinein.

Was Monique nicht wissen konnte: Zur gleichen Zeit stand Fritz in der Wohnstube des Mayerhofs an dem Fenster und wartete auf sie. Immer wieder warf er einen Blick hinaus in der Hoffnung, sie könnte kommen, während die Bäuerin ständig versuchte, ihn in ein Gespräch zu verwickeln um Näheres zu erfahren und aus ihm herauszukitzeln. Während sie mit einem Tuch über den ohnehin sauberen Eckbanktisch wischte, bot sie ihm erneut an, sich doch zu setzen. Doch Fritz blieb stehen und starrte mit verschränkten Armen durch die Fensterscheibe.

Während dessen schloss Monique die Küchentür wieder hinter sich. Sie stand also wieder auf dem Flur, trug nun aber einen Weidenkorb gefüllt mit Würsten, einem Laib Brot und einer Flasche Wein. Sie hatte die Speisekammer geplündert. Auf leisen Sohlen schlich sie aus dem Haus.

Fritz hatte sich inzwischen doch auf einen Stuhl am Tisch gesetzt. Die Bäuerin schob gerade ein Holzstück in die Öffnung des Kachelofens. Das Feuer, welches aus dem Ofen Funken sprühte, spiegelte sich rot im Gesicht der Bäuerin wieder. Fritz saß daneben und wippte ungeduldig mit seinem rechten Bein auf und ab.

„Wollen Sie nicht doch noch etwas essen?", fragte die Bäuerin ihn.

Er lehnte mit einem klaren „Nein" ihr Angebot ab.

Die Bäuerin drehte sich um und ging langsam wieder auf den Ecktisch zu.

„Es kann nicht mehr lange dauern", meinte sie, „Monique und die anderen werden gleich vom Feld kommen."

Fritz erwiderte: „Ja, hoffentlich. Ich habe nämlich nicht viel Zeit. Außerdem habe ich noch einen Krankenbesuch zu machen."

Er meinte damit Max, dem es zwar etwas besser ging, aber der immer noch nicht über den Berg war.

„Ja, ich verstehe", sagte die Bäuerin und setzte sich zu Fritz an den Tisch. Die Situation ähnelte der mit dem Knecht. Doch Fritz war von einem anderen Format als Albert. Er war kein Knecht, sondern ein Schwaiger, der es gewohnt war, Stärke zu zeigen. Ihn konnte man nicht so leicht beeinflussen und schon gar nicht manipulieren.

„Und vorher wollte ich noch unbedingt mit Ihrem Mann reden", gestand Fritz ihr.

„Ist es so wichtig?"

„Ja, ist es."

Die Bäuerin überlegte kurz, und mit listigem Blick fragte sie ihn: „Können Sie es nicht mir sagen?"

Fritz entgegnete ihr darauf kein Wort und wandte den Kopf langsam wieder in Richtung Fenster. Er starrte auf dieses Fenster und hoffte, dann wanderte sein Blick zur Tür.

Die Bäuerin wollte sein Vertrauen gewinnen und versuchte erneut, das aus Fritz herauszubekommen, was sie wissen wollte. Sie musste zwischen ihnen das Eis brechen. Doch es schien sehr dick und festgefroren zu sein.

„Was wollen Sie von meinem Mann? Mir können Sie es doch sagen!“, sprach sie und rückte näher zu ihm auf.

„Na gut. Warum sollen Sie es nicht wissen? Ich möchte Monique heiraten. Und am besten so schnell wie möglich. Damit auch sofort mit der üblen Nachrede im Dorf über Monique Schluss ist“, vertraute Fritz der Bäuerin an.

Die Bäuerin erhob sich vom Tisch und drehte Fritz den Rücken zu. Sie ging wieder auf den Kachelofen zu, öffnete ihn und warf einen weiteren Holzscheit hinein. Während sie da am Ofen hantierte, stellte sie wie beiläufig die Frage: „Was reden denn die Leute im Dorf?“

„Nur Gemeinheiten“, fuhr Fritz auf. „Nur Lügen! Seit der eine angefangen hat...“

Die Bäuerin kam wieder zum Tisch. Sie hatte beschlossen, ein Stück aufzuführen, die Besorgte zu geben. Das Studium ihrer Romane machte sich nun bezahlt. Ihre Mimik und Gestik waren nicht die einer ländlichen Laiendarstellerin, sondern vielmehr verkörperte sie die ganze Kunst einer Hofschauspielerin. Sie eröffnete ihr Spiel mit einer gezielten Frage, mit der sie die bekümmerte Frau gab: „Welche Lügen?“

Mit wütender Stimme platzte der Sägewerkssohn heraus: „Möchte und muss ich nicht wiederholen! Geschwätz der Leute eben. Ach, was soll's, dann sag' ich es geradeheraus: dass sie ein Flittchen sei und Männern reihenweise den Kopf verdrehe, das schwätzen die Leute.“

Die Bäuerin ging ans Fenster und tat so, als würde sie schauen, ob Monique käme und ging zum Hauptteil über: „Und wenn es keine Lügen sind? Es ist keine Lüge, dass in Moniques Adern französisches Blut fließt."

Fritz ließ sie reden und schaute ihr nach, beobachtete sie dabei ganz genau.

„Ich weiß, die Leute können so gemein sein und müssen alles übertreiben. Monique ist noch jung, hat schon so vieles durchmachen müssen. Armes Kind." Sie drehte sich jetzt zu Fritz um, warf ihm einen eindringlichen Blick zu. „Sie hat beide Eltern verloren. Wer sollte es ihr verübeln, dass sie auf diese oder andere Weise etwas Freude am Leben haben möchte? Außerdem fehlte ihr die richtige Erziehung. Ich kenn' sie zu wenig. Wer weiß, was in ihrem Kopf so alles vorgeht. In Frankreich sind die Sitten lockerer. Eine Verbindung mit ihr könnte Ihrem Ruf und Ihrem Sägewerk sehr schaden. Die Leute hier sind sehr engstirnig."

Fritz überlegte sich gut, ob er darauf etwas sagen sollte.

„Sie wissen, Monika ist sehr temperamentvoll", fuhr derweil die Bäuerin fort, „und stets allem gegenüber aufgeschlossen und... Herr Schwaiger, ich würde gerne sagen können, Monique ist ein tugendhaftes und sittsames Mädchen, aber ich kann Ihnen dafür keine Garantie geben. Monique ist kein Kind mehr, sondern eine Frau, die ihre Bedürfnisse hat."

„Frau Mayerhofer, ich brauche keine Garantie, weil ich Monique liebe."

Doch sie setzte nach, um Fritz' Zweifel an Monique zu schüren.

„Oft läuft sie heimlich weg, bleibt über Nacht aus. Ja das geschieht des Öfteren, aber da ist man machtlos. Denn man kann ihr sagen, was man will, sie gehorcht nicht."

Fritz schaute nun etwas nachdenklicher drein. Die Bäuerin näherte sich ihm wieder.

„Es tut mir leid. Aber ich kannte Moniques Mutter. Und bevor Sie einen Fehler begehen, den Sie später einmal bereuen könnten, muss ich Ihnen reinen Wein einschenken. Denn wenn Monique nach ihrer Mutter kommt, an die sie mich sehr erinnert, dann... Ich bin an Moniques Glück interessiert", versicherte sie, „aber Sie sollen auch die Wahrheit wissen. Moniques Mutter war eine Hure. Nun ja, die Männer gingen bei ihr reihenweise ein und aus..."

Doch Fritz durchschaute das Komödienspiel, und wütend warf er ihr folgende Worte entgegen: „Ja, Frau Mayerhofer. Nichts anderes habe ich von Ihnen erwartet. Und darum werde ich Monique heiraten, dass sie es in Zukunft besser hat." Sein Tonfall klang zunächst ironisch.

„Das sind keine üblen Nachreden und Lügen der Leute, sondern das ist die Wahrheit", versuchte sie es nochmals.

Doch Fritz schüttelte energisch den Kopf. Er hatte sie durchschaut, und das Gesicht der Bäuerin verriet Verbitterung, als sie dies bemerkte. Offenbar mochte Fritz Monique tatsächlich sehr, und ihre Liebe schien unerschütterlich.

Doch nun änderte Fritz seinen Ton und griff sie direkt an: „Sie haben etwas gegen Monique. Sie mögen Monique nicht."

Die Bäuerin zögerte, doch dann gestand sie: „Ja, Sie haben recht. Ich mag Monique nicht. Vielleicht hasse ich sie ja? Aber jetzt werde ich Ihnen noch etwas über Monique, über Sie und Ihren Vater erzählen, das Ihnen zu denken geben wird. Ob Sie es nun glauben wollen oder nicht."

Fritz wurde die Angelegenheit zu dumm, und er stand auf, denn er wollte nun gehen. Doch sie hielt ihn auf: „Das werden Sie sich noch kurz anhören, denn vielleicht ändert das ja noch Ihre Meinung und bringt Sie zur Vernunft. Oder glauben Sie, Sie können Ihre Schwester heiraten?"

Fritz stand wie vom Donner gerührt vor der Bäuerin. Auge in Auge sahen sie sich an. Er konnte nicht fassen, was sie gesagt hatte, und noch weniger glauben, was sie behauptete.

„Denn Ihr Vater ist nicht nur Ihr Vater, sondern auch Moniques Vater. So, glauben Sie immer noch, dass Sie Monique heiraten können?" Die Bäuerin lachte schrill.

Fritz sah sie immer noch fassungslos an. Dann ging er langsam zur Tür, schüttelte erneut den Kopf und schleuderte ihr entgegen: „Nein, das glaub' ich Ihnen nicht."

Aber die Bäuerin hatte noch nicht genug: „Oh doch, Ihr Vater ist auch Moniques Vater. Vor neunzehn Jahren hatte Ihr Vater mit meiner Schwägerin, Gott hab' sie selig, ein Verhältnis, und die Frucht aus dieser Liebe ist Monique. Sie ist Ihre Halbschwester. Es tut mir leid für Sie."

Doch Fritz knallte ihr einfach die Tür vor der Nase zu.

Der Bauer trug seine Sense über der Schulter. Auch der Knecht und die Magd waren von der Arbeit zurück, und alle standen sie bereits im Hofraum, als Fritz aus dem Haus stürmte. Sogleich ging er auf den Bauern zu.

„Wo ist Monique? Ist die noch draußen auf dem Feld?"

Mayerhofer wusste es nicht und verwies ihn an Albert. „Sie wollte zu dir", erklärte dieser.

„Zu mir?", wunderte sich Fritz. Und dann sagte er dem alten Bauern, er müsse später mit ihm über Monique sprechen, denn er wolle sie heiraten.

Mayerhofer stellte sichtlich gerührt die Sense ab. Er legte seine Hand auf Fritz' Schulter und sprach die für den jungen Mann sehr bedeutenden Worte:

„Du, Fritz, meinen Segen habt ihr!"

16. Kapitel

Es war dunkel im Wald, zu dicht standen die Nadelbäume beieinander, als dass sich das Tageslicht durch die Zweige kämpfen konnte. Monique trug immer noch ihren Weidenkorb. Die Äste streiften über den Korb, als würden sie hineinfassen wollen, um etwas herauszunehmen von den Dingen, die Monique für ihren Fritz bestimmt hatte, der in der letzten Nacht so viel zu erleiden hatte. Sie wusste nicht, wie es ihm ging, doch eines wusste sie: dass er ihre Nähe brauchen und sich bestimmt freuen würde, wenn sie ihn besuchte.

Plötzlich griff etwas nach ihr, und es war keiner dieser Äste, die ständig an ihrem Korb rieben. Eine kräftige Männerhand umfasste ihren Hals. Es war Hans Dorfner, der sie gepackt hatte und festhielt.

Moniques panischer Gesichtsausdruck schien ihn geradezu zu freuen. Sie versuchte sich zu wehren. Doch Dorfner presste sie mit dem ganzen Druck seines Körpers gegen einen dicken Baumstamm. Lüstern starrte er sie an. Moniques entsetzte große Augen waren starr vor Schreck. Wie ein wildes Tier, das gleich über sie herfallen würde, beugte er sich über sie und hauchte ihr bedrohlich ins Ohr: „Jetzt werden wir ja sehen, wie gut du bist. Eine Französin hatte ich noch nie. Wenn du still hältst, passiert dir nichts."

Er war viel gefährlicher als der böse Wolf, der es auf Rotkäppchen abgesehen hatte, kam ihr in den Sinn. Weshalb sie jetzt ausgerechnet an ein Märchen denken musste, wusste sie nicht, vermutlich wegen des Weidenkorbs. Doch Monique war auch klar: Diese Situation war kein Märchen, sondern Wirklichkeit, und Verzweiflung machte sich in ihr breit.

Dorfner zückte sein Messer. Er fuhr Monique damit langsam im Gesicht herum, jedoch ohne sie zu verletzen. Innerhalb von Sekundenbruchteilen kamen ihr die Erinnerungen hoch, vor denen sie immer davonlief und die das Unterbewusstsein nicht mehr hergab: ihre Mutter, wie sie von dem deutschen Soldaten gewaltsam ins Bett geworfen wurde. Wie er ihr den Säbel quer zum Hals hielt und im Begriff war, sie zu vergewaltigen. Wie ihre Mutter ihr zuschrie, sie solle weglaufen.

Dorfner drückte Monique fest gegen den Baum, hielt ihr das Messer an den Hals und öffnete mit der anderen Hand gewaltsam ihre Bluse. Auch Dorfner war im Begriff, Monique zu vergewaltigen, er drückte seinen Unterleib gegen den ihren.

Von Dorfners Messer bedroht, streckte Monique den Kopf extrem hoch in die Luft. Über sich erblickte sie einen Ast des Nadelbaumes, der erreichbar war. Und während Dorfner keuchte: „Das wird dir unvergesslich bleiben! Bin nämlich besser als dein Fritz", zog Monique blitzschnell und wagemutig an dem Ast. Dieser bog sich und schlug den überraschten Dorfner heftig zischend von der Seite her mitten ins Gesicht.

Dorfner schrie überrascht auf, und diesen Augenblick der Überraschung nutzte sie, indem sie ihm den Korb in seine untere Körperregion schlug, sich befreite, ihn umstieß und mit dem Korb in der Hand davonlief.

Ein Specht pochte im Wald gegen das Holz eines Baumes. Doch noch lauter setzte nun das Hacken von Äxten ein. Sein Werkzeug, das lediglich aus einem spitzen Schnabel und einem stabilen Kopf bestand, konnte damit nicht Schritt halten. Denn Schwaigers Holzfäller waren bei der Arbeit. Es sollte vorangehen im Regental, damit für das Höllensteinkraftwerk Platz geschaffen würde.

Fritz lief durch den Wald. Er schlängelte sich durch das Dickicht der Bäume. Er hatte in diesen Augenblicken keine Gedanken an das Werk. Er musste seine Monique finden. Äste schlugen ihm entgegen, als er mit Gewalt so schnell wie möglich an ihnen vorbeistürmte.

Monique indessen war – gar nicht allzu weit entfernt von Fritz – auf der Flucht vor Dorfner. Immer wieder musste sie kurz anhalten, Atem schöpfen und überlegen, wohin sie weiterlaufen musste. Mal drehte sie sich im Kreis, dann ging's wieder geradeaus.

Die Arbeiten im Wald am Regental dauerten unvermindert an. Ein Baum nach dem anderen wurde gefällt. Und jedem war dasselbe Schicksal vorbestimmt: Ihr Holz knarrte, und mit ganzer Wucht schlugen sie auf den Boden auf. Dabei wurden die Blätter der unterschiedlichen Farne am Boden durch den starken Luftdruck fluchtartig zur Seite gedrückt.

Nun kam Monique in die Nähe der Arbeiter. Sie hörte das Geräusch der Äxte und das Kratzen der Sägen. Nervös zuckte sie zusammen, wenn sie wieder einen Baum niederkrachen hörte. Und ihre nackten Füße liefen über den mit Wurzeln durchwucherten Waldboden.

Fritz rannte und rannte. Seine Beine wirbelten über den Boden, und er sprang auch über gefährliche Unebenheiten, wenn es nötig war. Nun machten sich seine Anstrengungen doch bemerkbar, und er geriet ziemlich außer Puste. Er musste kurz verschnaufen, ging leicht in die Knie, stützte seine Hände auf den Oberschenkeln ab, doch die Ungewissheit und seine nicht unbegründeten Befürchtungen ließen ihn nicht zur Ruhe kommen – sie trieben ihn voran. Denn er wusste, wie gefährlich es für ein Mädchen allein im Wald sein konnte, zumal er natürlich auch um die

Holzfällarbeiten wusste. Die machten ihm mehr Sorgen als die Wilderer und Räuber, die hier vereinzelt noch ihr Unwesen trieben.

Monique kam jetzt direkt in die Gegend der Arbeiter, denn der Geräuschpegel wurde immer lauter. Mehr und mehr kam ihr dieser Ort bekannt vor. Plötzlich ein Knacken. Monique drehte sich um, sie erschrak. Was war passiert?

Fritz war auch endlich angekommen, denn er stand nun an der Stelle, wo Monique kurz vorher gewesen war. Er blieb stehen. Keine Spur von ihr. Aufgeregt schaute er umher. Wenn genügend Zeit wäre oder er die Uhr anhalten könnte – jeden einzelnen Stein würde er nach ihr suchend umdrehen, hinter jeden Baum würde er schauen...

Jetzt hörte er ein lautes Knarzen und verfolgte, wie ein Baum in fünfzig Meter Entfernung beim Fallen die Blätter der anderen Bäume um ihn förmlich abrasierte und wie dieses Objekt aus schwerem massiven Holz dann zu Boden donnerte. Wenn dort Monique gestanden hätte, es wäre um sie geschehen gewesen. Bei diesem Gedanken rief Fritz laut ihren Namen und brüllte nach seinen Arbeitern, obgleich er sie noch nicht sehen konnte: „Hört auf! Sofort aufhören! Stellt das Fällen ein!"

Endlich erwischte er einen Arbeiter, packte ihn am Hemd und zog ihn rabiat zu sich.

„Sag sofort allen, sie sollen die Arbeiten einstellen!", befahl er ihm.

Der Arbeiter nickte, machte sich eingeschüchtert davon, um das ihm Aufgetragene durchzuführen.

Es wurde still im Wald. Fritz durchforstete bedacht die Umgebung. Nur noch das Knacken der Äste am Boden war gelegentlich zu hören, doch das wurde von den Arbeitern oder von Fritz selbst verursacht. Die Arbeiter standen

den Bäumen gleich angewurzelt da, denn keiner von ihnen wusste recht Rat. Sie warfen ihre Äxte zu Boden und starrten umher, sich gegenseitig an. Doch dann trieb Fritz sie richtig an.

„Monique! Monique!", hallte es durch den Wald. Und immer wieder: „Los, sucht nach meinem Mädel! Monique!"

Fritz schaute nun wirklich hinter jedem Baum nach ihr. Und plötzlich entdeckte er in etwa zehn Meter Entfernung hinter einem Baumstumpf einen Körper am Boden liegen. Er reckte den Kopf in die Höhe. Kaum festzustellen, ob es sich um Monique oder um ein totes Tier handelte, zu dunkel und zu dicht war der Wald.

„Monique?", rief Fritz unsicher, und als Antwort war ein leises Stöhnen zu hören. Fritz rannte sofort dorthin. Die zehn Meter kamen ihm wie hundert vor. Dann endlich sah er sie – Monique. Sie lag am Boden, wimmerte und hielt sich ihr rechtes Bein.

Fritz blieb vor ihr stehen.

„Autsch!", ächzte sie und verzog kurz ihr Gesicht.

Ihr Retter beugte sich zu ihr hinab. „Monique, was machst du für Sachen?", strich er ihr besorgt durchs Haar.

Und Monique war erleichtert, ihren Fritz zu sehen, hielt angespannt und etwas zittrig seine Hand fest. Sie war kurz davor, ihm von Dorfner zu erzählen, doch sie wollte ihn nicht noch zusätzlich aufregen. Sie schwieg also dazu.

„Ich bin so froh, dass du da bist!", sagte sie zunächst erleichtert, griff sich dann jedoch an ihren Knöchel. „Ah! Hoffentlich ist er nicht gebrochen!"

Fritz atmete einmal tief aus, war zwar besorgt um ihr Bein, doch zugleich froh, dass seiner Freundin nichts Schlimmeres zugestoßen war. Er hob vorsichtig ihren Fuß an und schaute ihn sich nun an. Monique beobachtete aufmerksam, was ihr Privatdoktor mit ihrem Fuß machte. Es hätte amüsant sein können, wenn es nicht so wehgetan hätte – und wenn nicht Dorfner in ihrer Erinnerung gesessen hätte. Ein Ereignis, das sie am liebsten sofort verdrängt hätte, egal auf welche Weise. Ihrem einfühlsamen und zärtlichen Fritz hingegen, der ihr so sanft den Fuß an der Ferse hielt und langsam nach links und dann nach rechts drehte, hätte sie am liebsten einen Kuss gegeben. Sie fand ihn großartig in diesem Moment.

„Wie hast du denn das hinbekommen?", wollte er wissen.

„Ich bin gestolpert über irgendeine blöde Wurzel!"

„Gott sei Dank, dass nichts Schlimmeres passiert ist! Deinen Fuß kriegen wir schon wieder hin", meinte er. „Sieht aus, als wäre er nur verstaucht."

Fritz hob seine verletzte Lieblingselsässerin hoch und begann sie zu tragen. Monique deutete noch schnell auf den Boden. Fritz sah hinunter und musste lächeln. Denn da lagen die Würste, das Brot, der Wein und der umgekippte Weidenkorb im Dreck. Ausgerechnet auf der Losung eines Rehbocks.

Fritz schüttelte den Kopf und lächelte Monique an. Dann setzte er sie ab, nahm den Wein, öffnete die Flasche und führte sie Monique an den Mund, ohne dass sie Zeit hatte, es abzulehnen. Noch etwas unter Schock begann sie zu trinken. Schließlich war sie ja mit Wein im Elsass großgeworden und aufgewachsen. Von Kindheitsbeinen an hatte sie ihren Eltern auf den steilen Hängen ihrer Weinberge sowie bei der Weinlese geholfen, daher konnte sie eine Menge von diesem köstlichen Traubenerzeugnis vertragen, das sie so sehr an zu Hause erinnerte.

„Trink, für die Schmerzen im Fuß", forderte er sie auf.

Und Monique trank sehr hastig.

„Die Würste müssen wohl später gegessen werden", scherzte er.

„Ja, die musst schon alle du essen! Die waren nämlich alle für dich bestimmt!"

„Gut, aber zuerst bringe ich dich nach Hause."

Gerne nahm sie seinen Vorschlag an.

Und so ging ihr Retter los mit seiner verletzten Schönheit auf seinen Armen. Sie umarmte ihn und übersäte sein Gesicht mit vielen schnellen kurzen Küssen. Dann nahm sie wieder einen Schluck aus der Flasche.

„Ach, bin ich froh, dass du da bist! Fritz, wie geht's Max?"

„Gott sei Dank besser."

„Ja, oh Gott sei Dank". Dieses ernste Thema stimmte sie nachdenklich. Fritz bemerkte das und machte wieder einen Scherz: „Warum musst du auch immer so schnell laufen?"

Monique grinste und nahm wieder einen Schluck aus der Flasche. Der Wein tat nun doch allmählich seine Wirkung, und Monique vergaß ihren verletzten Fuß und sogar Dorfner. Sie wurde stattdessen immer fröhlicher und ausgelassener, zumal sie sich auf den Armen eines Traumprinzen befand.

In ihrem Nacken saß nun der Schalk. Sie begann ihn zu necken – ohne auf seine Herkunft Rücksicht zu nehmen.

„Oh, Herr Sägewerksbesitzer! Ich bin nicht gelaufen. Nein, ich bin nicht gelaufen! Und wenn du es nicht glaubst, dann gehe ich eben zu Fuß weiter. Ist ja eh nur verstaucht, oder?"

„Ich muss dir wohl den Mund stopfen!"

Und schon hielt er an und gab ihr frech einen Kuss direkt auf den Mund. Das schmeckte Monique besser als jeder Wein, und wie es den Anschein hatte, genoss sie ihn sehr, diesen exzellenten Jahrgang.

Währenddessen betrat Hans Mayerhofer voller Elan seine Wohnstube. Es war nicht zu übersehen wie gut gelaunt er war. Noch im Stehen zog er sich die Stiefel aus und stellte sie vorbildlich neben den Kachelofen ab.

Seine gute Laune währte jedoch nicht lange, denn seine bessere Hälfte saß an der Eckbank auf ihrem Grantstuhl, wo sie eingeschnappt und bockig zu sein pflegte, und sah den Bauern ohne ein Wort zu sagen an.

„Ich habe Fritz getroffen“, sagte er ihr trotzdem fröhlich. Dabei sah er sie an und blieb vorerst in sicherer Entfernung stehen.

„Hast du was?“, fragte er sie, da sie nicht antwortete.

Die Bäuerin gab ihm auch darauf keine Antwort. Sie erhob sich und drehte ihrem Mann störrisch den Rücken zu, ging Richtung Fenster und öffnete es, als müsste sie dringend Luft schnappen und damit der Mief den Raum verlassen sollte. Derweil setzte er sich auf die Ofenbank und sah ihr zu.

„Du, ich muss dir was wegen Fritz sagen“, meinte der Bauer.

Doch seine Frau ging nicht darauf ein und fragte stattdessen: „Wann fahren wir das Heu ein?“

Aber der Bauer hatte sogleich eine Gegenfrage parat: „Warum weichst du mir aus?“

Denn jetzt wollte er an diesem Thema festhalten und nicht über das Wetter mit ihr plaudern oder über Arbeit reden, obgleich das immer wichtig war. Jetzt war etwas ganz anderes für ihn von Bedeutung, und das musste er angehen ohne Pardon, wie sie sagen würde.

Die Bäuerin wandelte angewidert zur Kommode rüber und tat so, als müsse sie etwas suchen. Sie kramte in den Schubladen herum, um abzulenken. Sie versuchte ihn zu ignorieren, denn sie ahnte schon etwas.

„Fritz hat um Monikas Hand bei mir angehalten“, verkündete Mayerhofer.

„Ich weiß.“

„Und was sagst du dazu?“

Sie drehte sich kurz um.

„Das geht nicht“, knallte sie ihm vor die Füße.

„Warum soll das nicht gehen?“, wollte er wissen.

Die Bäuerin drehte sich wieder um, zeigte ihm ihren kalten Rücken und schwieg. Auch wenn er es nicht sehen konnte, kannte er sie genug, um sich ihre verschränkten Arme und ihr bockiges Gesicht vorstellen zu können. Dafür brauchte er nicht viel Fantasie.

Normalerweise tat das seine Wirkung auf den Bauern und er gab Ruhe. Doch diesmal ließ er nicht locker: „Warum soll das nicht gehen, hab' ich gefragt? Ich versteh' dich nicht. Die beiden lieben sich, und Fritz wäre ein Schwiegersohn nach Maß. Am Geld kann es auch nicht liegen!“

Aber seine Frau schwieg beharrlich, wollte nichts davon wissen.

„Sein Vater besitzt das größte Sägewerk weit und breit! Viele Hektar Wald! Das wolltest du doch immer.“

Dann drehte sie sich wieder um und schritt ganz langsam ans Fenster. Sie könnte und würde dieses Spiel gewiss sehr lange durchhalten, das wusste und befürchtete er. Aber nein, sie öffnete ihren Mund, entweder änderte sie auf einmal ihre Taktik oder es brannte ihr doch zu sehr unter den Nägeln, schließlich vermutete sie doch ein Komplott gegen sich – und das schien eher der Grund zu sein, da sie nun herausplatzte: „Und er wäre ein idealer Bauer! Das wolltest du doch sagen, oder?“

Empört blickte sie ihren Ehemann an und schrie laut: „Du würdest doch glatt deinen Hof an zwei Fremde verscherbeln! Verschenk ihn doch gleich!“

Der Bauer aber ließ nicht locker.

Der Wald war ein Schutz bietendes Dach für die beiden Turteltäubchen geworden. Die unzähligen Verzweigungen der Bäume und die vielen Blätter ließen nur gelegentlich ein paar Wassertropfen durch.

War es der Wein, Fritz' Kuss oder gar die Liebe; Monique war fröhlich und auch etwas angeheitert.

„So. Jetzt ist es passiert!", sagte sie.

„Was ist passiert?"

„Ein Wassertropfen hat meine Nase nass gemacht."

Fritz gab ihr einen sanften Kuss auf ihre nasse Nase. Dadurch wurde sie zwar nicht trockener, ganz im Gegenteil, aber beiden gefiel es.

„Ist alles wieder gut?" Eine obligatorische Frage, die Monique zum Lächeln brachte, und statt einer Antwort schwenkte sie mit der Flasche in der Hand hin und her als Zeichen dafür, wie gut es ihr in der Tat getan hatte, als seine Zunge ihre Nase berührt hatte.

„Ich glaube, es wird bald stärker regnen", kündigte sie selbstsicher an. Eine Prognose, die so präzise sein sollte, dass sogar Matthias Lang alias Mühlhiasl damit zufrieden gewesen wäre, der berühmte Waldprophet, dessen meist düstere Vorhersagen immer eintrafen und der hier um Viechtach gelebt hatte. Er war eine wirklich herausragende, besondere Erscheinung, die in der zweiten Hälfte des 18. Jahrhunderts so viele Geschehnisse der Zukunft vorausgesagt hatte. Gerne hätte auch Monique gewusst, wie ihre Zukunft aussehen würde, doch am liebsten hätte sie diese Momente mit Fritz immer gehabt, seine Küsse gespürt und die Zeit angehalten.

Die Bäuerin lehnte sich auf den Tisch. Ihr Blick war mürrisch. Sie stand dem Ganzen immer noch negativ gegenüber. „Das Ganze" war hier natürlich die Verbindung von Monique und Fritz.

Ihr Mann saß immer noch auf der Ofenbank und wartete auf ihre Antwort. Doch da kam nur ein ungläubiges Kopfschütteln von seiner Frau und über ihre Lippen: „Das darf doch alles gar nicht wahr sein!"

Das reichte. Verärgert stand er auf und schlüpfte in die Arbeitsstiefel.

„Wenn du mich suchst, ich bin im Stall."

Fritz trug seine Monique immer noch durch seinen Wald. Sie leerte die Flasche bis auf den letzten Tropfen und drückte sie ihm dann frech in die Hand. Es regnete bereits heftiger.

„Du hast ja die ganze Flasche geleert!", war Fritz erstaunt. „Na, was mach' ich jetzt mit dir?"

„Hab' keine Schmerzen mehr", antwortete sie. „Bring mich ruhig nach Hause!"

„Ich mach' jetzt kurz eine Pause, oder?"

Ein Eichhörnchen lief einen Baum hinauf. Und Monique feuerte es an, wie sie es auch mit Fritz tat.

„Los! Los! Nur nicht schlapp machen!"

Beide lachten, vor allem Fritz, weil ihm tatsächlich nach und nach die Kräfte schwanden.

„Du bist ja ganz schön anstrengend!", keuchte er.

Monique lachte und foppte ihn. Sie strahlte übers ganze Gesicht. „Du, ich habe einen kranken Fuß! Vergiss das nicht!"

Fritz ging schon breitbeiniger.

„Oh, mein Kreuz!", stöhnte er. „Ich kauf' mir doch eines dieser Automobile, dann brauch' ich dich nicht mehr zu tragen und kann dich fahren!"

„Oh, ja! Das wäre fein. Einen dieser Wagen ohne Pferdchen. Hab' ich schon öfter gesehen! Bei uns in Mulhouse werden sie jetzt auch hergestellt."

„Ja, ich hab' mir schon mehrere angesehen", antwortete Fritz. „Ich weiß, wie man einen solchen Wagen fährt... Oh, mein Kreuz!"

„Was ist schon dein Kreuz gegen meinen kranken Fuß? Ach, Herr Schützenkönig, lassen Sie mich sanft hinab!"

„Jawohl, gnädige Frau."

Er setzte sie auf einem Baumstumpf ab. Da saß sie, wie eine ungeduldige junge Frau, die auf die Straßenbahn wartete. Fritz hielt sich kurz den Rücken. Dann hob er sein Fräulein wieder hoch und trug es weiter. Wie ein Klammeräffchen umklammerte sie ihn und schmiegte sich fest an ihn. Fritz marschierte stolz weiter.

„Auf geht's, Fräulein! Jetzt kommt der Endspurt!"

„Was wird die Bäuerin wieder sagen?", überlegte sie, kurz bevor sie ihre Stimme verstellte, um sie nachzumachen. „‚Monika', wird sie sagen – sie nennt mich nämlich immer Monika, weißt du, Monique ist ihr wohl zu schwer. Du verstehst, ihr Mangel an Französischkenntnissen! ‚Warum hast du dich von einem Mann tragen lassen? Bist du wieder zu faul, um zu Fuß zu gehen? Sind etwa deine Zehennägel zu lang geworden, sodass du nicht mehr laufen kannst?'"

Fritz hatte Mühe, Monique zu tragen, nicht weil sie ihm schon zu schwer gewesen wäre, sondern weil er so stark lachen musste.

Und Monique verstellte wieder ihre Stimme: „Los Monika! Runter von dem Mann! Nimm die alte Schere! Schleif sie und schneide dir endlich die Zehennägel damit ab!"

Fritz lachte herzhaft auf: „Hör auf! Ich lass dich sonst fallen."

„Aber wehe, wehe! Wasch dir vorher die Füße, sonst fängt die Schere gleich wieder zu rosten an! Dann darfst du sie nochmals schleifen."

„Ich lass' dich fallen, wenn du nicht sofort aufhörst, Monique!"

„Und vergiss auch deine Fingernägel nicht! Du verletzt sonst die Kühe beim Melken. Sind sie etwa schmutzig, Monika? Dann mach sie sauber, sonst wird die Milch sauer!"

17. Kapitel

Als der Abend dämmerte, schüttete es bereits wie aus Kübeln, und Fritz, der Monique immer noch trug, lief mit ihr über den Hof zur Haustür. Beide waren klatschnass.

Nachdem sie das Haus betreten hatten, standen sie im Flur vor der Wohnstubentür. Fritz hatte Monique immer noch auf seinen Armen, als wolle er für immer ihr Schutzpatron sein und sie bis in den Himmel tragen.

„Willst du überhaupt hinein? Soll ich dich reinbringen?"

Monique presste ihre Lippen aufeinander und nickte.

„Nun, dann betreten wir eben die Höhle der Löwin."

Monique nickte heftig und umfasste Fritz noch fester.

„Übrigens, wenn ich dich demnächst über eine Türschwelle trage, bist du meine Frau."

Monique schrie begeistert auf: „Was?"

In dem Moment trat aber Fritz schon die Tür zur Wohnstube auf. Zur Überraschung beider war niemand anwesend.

„Gar niemand da?", sagte Monique erstaunt.

„Ja, was machen wir denn da? Ich bringe dich einfach in deine Kammer."

„In meine Kammer bringst du mich?"

„Ja, ich trage dich. Wo geht's lang?"

„Um die Ecke und dann die Treppe hoch, junger Mann!"

„Das kriegen wir schon", meinte Fritz.

Fritz stieg mit Monique die letzten Stufen der Treppe hoch. Noch nie in ihrem Leben war Monique von einem Mann getragen worden, außer von ihrem Vater, aber das zählte nicht.

Ganz ernst und völlig nüchtern war auf einmal das Elsässermädchen, und mit Liebreiz strich sie Fritz zärtlich über seine Wangen. Ihr war es egal, wie viele Mädchen und Frauen Fritz in seinem jungen Leben wohl schon getragen haben mochte, es zählte nur diese Stunde, dieser einschneidende Moment ihres Lebens.

„Was hast du da gesagt?“, fragte sie ihn noch einmal.

„Was denn?“

„Ja, vorhin. Gerade, bevor du die Tür so rabiat geöffnet hast.“

„Vorhin?“

„Ja, wegen der Türschwelle…“

„Ach da. Ja, dass du bei der nächsten Türschwelle bereits meine Frau bist.“

„Du willst mich wirklich heiraten?“

„Ja, Monique. Ich werde dich heiraten, Monique!“

Monique war außer Rand und Band – völlig aus dem Häuschen. Voller Begeisterung schaukelte sie auf Fritz' Händen hin und her. Sie konnte Vögel zwitschern hören, die gar nicht da waren, sie hörte sie singen, und wären sie da gewesen und hätten sie wirklich gesungen, wie vorher im Wald, dann hätte sie jetzt jeden Ton eines jeden noch so kleinen Vogels vernommen. Denn sie war jetzt selbst ein kleiner Vogel, auf dem Weg, erwachsen zu werden, der sein eigenes Nest haben würde. Natürlich nicht sofort, dachte sie sich, obwohl der Platz auf Fritz' Händen ideal gewesen wäre, bei dem Mann, den sie liebte. Aber er würde ihr schon ein Nest bauen.

„Und wirst du mich auch dann so wie jetzt auf Händen tragen?“

„Ja, und ich werd' dich immer auf Händen tragen. Wohin?“

„Gleich die Tür hier links“, lenkte sie ihn.

Monique und Fritz blickten gleichzeitig hinunter zur Türschwelle.

„Da ist ja die nächste Türschwelle."

Ihre Augen glänzen, und so fragte sie ihn wieder: „Fritz, wirst du mich immer lieben und mir immer ein treuer Ehemann sein?"

Fritz sah seine Elsässerin verliebt an und bejahte: „Jawohl, werd' ich. Und du immer eine tugendsame und fleißige Frau? Und wirst auch du mich immer lieb haben?"

Ein lautes „Ja" von Monique folgte.

Sie strahlte vor Glück, und sie küssten sich leidenschaftlich. Fritz öffnete sanft die Tür, trug Monique in die Kammer und legte sie sacht ins Bett. Monique umfasste mit ihren Armen seinen Hals, und sie küssten sich wieder. Beide glitten sanft ins Bett. Die Tür fiel wieder ins Schloss. Es waren Moniques Stunden, und sobald die Tür wieder offen sein würde, wäre sie kein Mädchen mehr, sondern eine Frau.

18. Kapitel

Tierischer Lärm war aus dem Stall zu hören. Ein schmales, hellbraunes rundes Holzstück, welches vorne spitz zulief, wurde von einer verhornten Hand mit der dicken Seite in das freie Loch eines Holzrechens gesteckt und fixiert. So sparte man Geld, und der Bauer hatte wieder einen Rechen, der einwandfrei funktionierte.

Die Bäuerin war auf dem Weg zu ihrem Mann. Sie hastete durch den Stall, vorbei an ihren Kühen. Mayerhofer hielt immer noch seinen Rechen in der Hand. Nun stand sie aber vor ihm. Das Klima zwischen beiden war immer noch sehr angespannt. Sie stemmte die Arme in ihre Hüften, holte tief Atem und sagte:

„Hans, ich muss mit dir über Monika reden."

Mayerhofers Stirnrunzeln verlieh der Situation den angemessenen Ernst, gab ihm aber zugleich die Zeit an Vorsprung, die er brauchte, um seiner Frau Paroli bieten zu können, und deswegen wiederholte er auch ihre Frage:

„So, über Moni willst du mit mir reden? Ja, dann sprich!"

Jetzt schien er bereit für die vermutlich entscheidende Diskussion, die vieles auf dem Hof zur Veränderung bringen würde.

Sie hingegen schlug einen ruhigen Ton an, sie wollte seine ganze Aufmerksamkeit auf sich ziehen, fast sanft sprach sie:

„Du, Hans, Monika ist doch für uns eigentlich eine Fremde – vor allem für mich. Wir kennen sie ja kaum."

Jetzt stellte der Bauer den Rechen an der Wand ab. Stattdessen griff er zu einer langen Axt, deren Schneide so scharf war, dass sie Gras oder gar Papier ohne Probleme hätte schneiden können. Dennoch nahm er einen Wetzstein aus der Hosentasche und schliff sie damit nochmals. Jetzt drehte er sich zur Bäuerin um, und die Anspannung war ihm ins Gesicht geschrieben.

„Maria… Das stimmt nicht. Schließlich ist sie…"

Er wurde unterbrochen, wieder einmal. Maria ließ ihn nicht ausreden, und somit kam er zunächst nicht mehr zu Wort, als sie ihn unbeherrscht anfuhr: „Ja, deine Nichte. Wie oft muss ich das noch hören?"

Ein leises „Nein" schlich sich über seine Lippen, ein leises, aber unterschätzt mächtiges „Nein", mächtiger als jede scharfe Axt, denn sie war nun still. „Nein. Du musst es nie wieder hören, dass Monique meine Nichte ist. Weil es nämlich nicht stimmt. Weil es nicht wahr ist."

Jetzt lehnte sich der Bauer mit dem Rücken an die Mauer, blickte kurz zu Boden, stellte sich wieder aufrecht. Dann ging er auf die Bäuerin zu und sah ihr tief in die Augen, legte die Axt weg und steckte den Wetzstein wieder ein.

„Nein. Sie ist nicht bloß meine Nichte."

Der Bäuerin verschlug es die Stimme. Sie war geschockt.

„Monique ist meine Tochter."

„Deine Tochter? Du lügst! Nur damit dieses Luder den Hof bekommt!"

„Einmal musste ich es dir sagen, Frau. Jetzt überleg es dir gut, ob du meiner leiblichen Tochter, deiner Stieftochter, das, was ihr rechtmäßig zusteht, verwehren willst! Du wolltest doch immer ein Kind. Du weißt, dass wir nie ein leibliches Kind zusammen haben werden."

„Aber nicht auf diese Weise!"

Er ging noch näher auf sie zu und versuchte auf sie einzureden: „Aber Moni, Moni ist unsere Zukunft und die Zukunft des Hofes."

Die Bäuerin zitterte, verschloss die Augen und hob den Kopf leicht an.

„Das hätte ich dir nicht zugetraut", schluchzte sie. „Jahrelang hast du mir das verheimlicht. Seit achtzehn Jahren hast du nichts gesagt."

Der Bauer schwieg, während seine Frau sich entfernte. Er war ihr in diesem Moment fast fremd geworden. Sie hielt Abstand zu ihm und starrte ihn durchdringend an.

„Oft habe ich gedacht, mein Hans hat keine Fehler. Ich habe mich geirrt. Mein perfekter und anscheinend gutmütiger Mann hat mich betrogen und die Frau seines Bruders geschwängert... Und ich dachte schon, ich sei ein Unmensch, weil ich Monique nicht akzeptieren konnte."

Der Bauer ging wieder ein paar Schritte auf sie zu.

„Keiner von uns beiden ist ein Unmensch! Ich kann nur hoffen, dass du mir eines Tages verzeihst. Und wenn achtzehn Jahre dazwischen liegen. Aber was Monique betrifft... Lass sie nicht für meinen Fehler büßen!", bat er sie eindringend.

Das starre Gesicht der Bäuerin hielt an. Ihre Augen schienen an die Stelle ihres Mundwerks getreten zu sein, sie übernahmen dessen Aufgabe, sie zitterten und sagten mit Blicken das aus, wozu der Mund nicht mehr fähig schien. Er war vor Aufregung eingetrocknet.

„Ich kann auch nicht verlangen, dass du sie als Tochter annimmst und akzeptierst. Aber es ist nur mehr als recht, wenn sie eines Tages den Hof bekommt."

Die Bäuerin schüttelte ungläubig ihren Kopf.

Der Bauer holte tief Luft und holte weiter aus. „Ob es dir passt oder nicht!"

Er atmete nochmals kräftig durch, schloss für einen kurzen Moment die Augen, fasste seine Frau an den Schultern und sagte ihr mit leiser Stimme: „Komm, geh auf sie zu! Sprich mit ihr, deiner Tochter!"

Sie begann zu lächeln, doch es war kein fröhliches Lächeln. Es drückte nicht ihre Freude aus, sondern vielmehr Entsetzen. Absurd war für sie die Vorstellung, Monique als ihre Tochter auf dem Hof zu haben.

„Du verlangst zu viel von mir. Einerseits soll ich dir so einfach mir nichts dir nichts deinen Fehltritt verzeihen und andererseits Monique als meine Stieftochter annehmen. Ja, was glaubst denn du, wer du bist?"

Die Bäuerin riss sich energisch los, zog die Hand auf und verpasste ihm eine schallende Ohrfeige.

Doch der Bauer blieb ruhig und sah in das wieder einmal vor Wut rot angelaufene Gesicht.

„Gut. Dann verlieren wir den Hof, für den wir so hart geschuftet haben."

Jetzt hatte sie wirklich Grund, besorgt und entsetzt zu sein. Der Kloß im Hals, den sie verspürte und den auch ihr Mann sehen konnte, wie sie ihn runterzuwürgen versuchte, wurde dicker und dicker. Sie hatte einen schönen Hals. Kein Ansatz von einem Kropf, doch er schwoll an, als würde sich alles darin stauen zu einem richtig dicken Hals, einem Wutkropf, der ihr das Sprechen sehr schwer machte.

„Was? Was ist mit dem Hof?"

„Wir können ihn nicht mehr halten. Die Schulden... Ich hab' doch beim Lechner einen Schuldschein unterschrieben, und jetzt will er sein Geld zurück."

Die Bäuerin packte ihren Mann fest an den Schultern und rüttelte, der Verzweiflung nah, an ihm.

„Nein, das darf doch nicht sein!", platzte sie laut heraus.

„Als Erstes werden wir das Vieh verkaufen müssen", legte er ihr dar.

„Mein Gott, nein, mein Hof, Hans, was tun wir?", fragte sie ihn eindringlich.

„Uns kann nur noch der Schwaiger helfen. Und er will ja unsere Moni heiraten."

19. Kapitel

Dass Monique und Fritz auf dem Weg dorthin große Fortschritte gemacht hatten, wussten der Bauer und die Bäuerin noch nicht. Auf einer Leine, die durch Moniques Kammer führte, hingen ihre und auch Fritz' Kleidungsstücke als Zeugen der letzten Nacht, die für beide sehr romantisch geendet hatte. Beide lagen noch eng umschlungen im Bett. Monique hatte ein langes Nachthemd an, während Fritz mit freiem Oberkörper neben ihr lag. Ein Betttuch bedeckte zusätzlich ihre Körper.

Da pochte jemand an Moniques Kammertür. Und die Stimme der Bäuerin weckte die beiden Verliebten. Sie schreckten auf.

Ein lautes „Monika!" zunächst, welches sie dann doch zu einem sanfteren „Moni!" abdämpfte. „Warum liegst du noch im Bett?", fragte sie nach, als Monique ihr nicht antwortete.

Monique hielt ihrem Liebhaber den Mund zu. Dann flüsterte sie ihm ins Ohr, er solle schnell, aber leise durchs Fenster verschwinden.

Fritz schwang sich auch sogleich auf, riss seine Klamotten hastig von der Leine und hastete auf Fußspitzen ans Kammerfenster. Monique sah ihm dabei aufgeregt zu. Und wieder ertönte ein „Moni".

„Ja, gleich!", erwiderte sie der Herrin des Hofes mit noch etwas belegter Stimme.

Fritz öffnete leise das Fenster. Er hielt sich die Klamotten vor seinen Körper, als könnte ihn jemand sehen, was eigentlich gar nicht möglich war. Gerne wollte er der Aufforderung seiner Geliebten nachkommen, hinunterzuspringen, doch er zögerte, als er hinuntersah. „Da soll ich raus? Ein bisschen hoch! Und da ist noch ein Mist...", flüsterte ihr Retter des Vortages.

Monique unterbrach ihn leise: „Schnell, spring!"

Fritz stieg auf den Fensterstock. Der Hahn dort unten würde ihn vermutlich auslachen, aber er würde wenigstens weich fallen, und die Ehre seiner Monique wäre auch gerettet.

Monique verschloss die Augen und bekreuzigte sich, als Fritz sich durch das Fensterkreuz schwang und mit einem Sprung nach unten entschwand. Sie war sehr aufgeregt, lange würde die Bäuerin sicherlich nicht mehr geduldig vor der Türe stehen bleiben, doch jetzt war Fritz wenigstens draußen.

Vom Fenster her vernahm sie ihn noch. Doch es waren keine zärtlichen Abschiedsworte, wie zwischen zwei Verliebten üblich, sondern vielmehr ein der Lage angemessenes Schimpfen: „Au-a! Verdammter Mist! Scheiß Schere!", hörte sie Fritz unterdrückt rufen.

Das trotzte Monique doch noch ein Lächeln ab, während sie mit ihrem kranken Fuß zur Tür humpelte. Auch sie musste einen Schrei unterdrücken, weil ihr der Fuß immer noch etwas schmerzte. Die ersten Schritte taten bekanntlich ja immer am meisten weh, aber wenn man die Zähne zusammenbiss, konnte man sich ja eingehen, ohne dass es gleich jemandem auffallen würde.

Monique öffnete die Tür, und die Bäuerin stand nun vor ihr. Diese senkte ihren Blick, denn sie bemerkte sofort, dass Monique Probleme mit ihrem Fuß hatte. Dennoch hatte Monique noch Hoffnung, dass ihr Fuß nicht allzu sehr auffallen würde, und so vermied sie es, mit dem Fuß auf den Boden aufzutreten. Ihr Fuß pendelte also in der Luft.

„Kommst du runter?", wurde sie gefragt. Diese Höflichkeit der Herrscherin des Hofes erstaunte sie, und sie beantwortete die Frage mit einem schlichten „Ja".

Die Bäuerin schimpfte nicht. Nein, es kam keine bösartige Bemerkung. Es war unglaublich für Monique, sie bekam den geöffneten Mund nicht zu und guckte nur noch verwundert durch die Gegend. Und die Gegend war zunächst mal ihre Kammer. Es war eindeutig ein Wunder, dachte die Elsässerin.

Die Bäuerin ging wieder. Monique humpelte schnell zu ihrem Bett zurück und war immer noch völlig verwundert. Auf einmal hörte sie leise vom Fenster eine Stimme. Es war Fritz, der unter dem Fenster gewartet hatte und heimlich zu ihr hinaufrief.

„Monique! Monique! Bist du noch da? Oder hat sie dich schon gefressen?"

Monique humpelte ans Fenster: „Ich glaube, sie muss krank sein."

Fritz indes stand unter dem Fenster neben dem Misthaufen, hielt sich mit einer Hand den Allerwertesten und warf mit der anderen Hand die rostige Schere auf den Misthaufen zurück.

„Warum?", wollte er wissen.

„Sie hat überhaupt nicht geschimpft!"

„Ist doch gut", meinte der arg gebeutelte Fensterspringer mit Allerwertestenverwundung. Aufmerksam warf er ihr mit beiden Händen einen Kuss zu und machte sich nun doch vom Hof.

Monique kam in die Stube gehumpelt, wo die Bäuerin schon auf sie wartete. Sie stand Monique direkt gegenüber und strich ihr freundlich ein Haar aus dem Gesicht.

„Entschuldige, dass ich jetzt erst aufstehe...", fing Monique nervös an.

„Macht nichts", entgegnete die Bäuerin, „du wirst eben deine Arbeit später nachholen, sobald dein Fuß wieder in Ordnung ist."

„Ist ja nur verstaucht! Der geht bald wieder." Und sie wollte es ihr beweisen, dass sie gehen konnte. Folglich ging sie, die Zähne fest zusammengebissen, die Wohnstube auf und ab. Sie ging so lange, bis die Bäuerin ein Einsehen hatte und sie aufforderte, mit ihr zu kommen, denn sie wolle ihr etwas zeigen. Und das angehängte „Moni" sprach die Bäuerin überaus herzlich aus, auch wenn es sich erst kurz in ihrem Wortschatz befand. Monique konnte es nicht glauben.

„Komm mit, Moni! Ich werde dir was zeigen", sagte sie.

Moniques Gesichtsausdruck verriet, dass sie in diesem Moment die Welt nicht mehr so recht verstand, aber was hatte sie nicht schon alles erlebt. Und das, was hier gerade vor ihr ablief, war schließlich positiver und nicht negativer Natur. Würde sich alles endlich zum Guten wenden? So richtig gut konnte es ja nicht mehr werden, so gut wie vor dem Krieg mit Vater und Mutter. Doch warum sollte das Leben nicht ein paar glückliche Momente für sie bereithalten, wie die Stunden mit Fritz?

Die Bäuerin und Monique standen vor der ehelichen Schlafkammer. Sie öffnete die Tür und ging hinein. Monique blieb voller Ehrfurcht im Flur stehen. Neugierig und erwartungsvoll linste sie zur Bäuerin hinein.

„Komm nur rein!", forderte sie ihre Nichte auf.

Langsam und schüchtern betrat Monique den Raum, wie eine Katze, die sich mit angehobenem Kopf und weit aufgerissenen Augen auf samtenen Pfoten vorsichtig in eine neue Umgebung begibt, stets mit der Option, sofort wieder umzukehren. Schließlich betrat sie fremdes Revier, ein bislang gänzlich verbotenes für Monique.

„Mach die Tür hinter dir zu!", sagte die Bäuerin.

Monique schloss sogleich die Tür hinter sich und betrachtete nun das Schlafzimmer. Eindeutig schöner und gemütlicher als ihre Kammer.

„Hier warst du noch nie."

„Ja, hier war ich noch nie."

Frau Mayerhofer ging in die Ecke des Zimmers. Dort stand eine alte Truhe.

„Komm her, Moni!", lautete ihr nächster Befehl, der eigentlich gar keiner war, weil er zu freundlich ausfiel.

Die Bäuerin zog einen Schlüssel aus der Schürzentasche und hielt ihn Monique hin. Die Elsässerin zögerte. Doch dann ging sie doch etwas misstrauisch zur Bäuerin hin, die ihr den Schlüssel reichte. Sie nahm den Schlüssel jedoch nicht entgegen, sondern sah die Bäuerin nur fragend an.

„Nimm! Der beißt dich nicht!" Der Schlüssel befand sich immer noch in der Hand der Bäuerin.

Endlich nahm Monique den Schlüssel aus der Hand der Bäuerin an sich und wandte ihren Blick von der Bäuerin ab auf den Schlüssel zu. Er erregte natürlich ihr Interesse. „Wofür sollte er sein, für die Truhe da?", fragte sie sich. Die Bäuerin zeigte auf die Truhe und deutete an, dass Monique sie mit Hilfe des Schlüssels öffnen sollte. Sie ging langsam zur Truhe hin, kniete sich nieder und steckte den Schlüssel ins Schloss. Dann warf sie einen gespannten Blick zur Bäuerin zurück.

Die Bäuerin erwiderte ihren Blick mit einem freundlichen Lächeln, womöglich das erste Lächeln, das die junge Elsässerin an ihr sah. Langsam drehte sie nun den Schlüssel. Behutsam hob sie den schweren Deckel aus rustikalem Eichenholz. Die Truhe hatte gut und gerne hundert Jahre auf dem Buckel und sah aus, als wäre sie schon von Piraten benutzt worden, um auf einsamen Inseln ihre Beute zu verstecken. War auch hier ein Piratenschatz verborgen? Oder war alles nur eine Falle der Bäuerin, ein falsches Lächeln, das Monique dazu bringen sollte, eine Unheil bringende Truhe zu öffnen, die Kiste der Pandora etwa oder noch Schlimmeres? Durfte man der Bäuerin trauen? Wieso war sie nur so verdächtig freundlich zu ihr? Sie konnte sie doch überhaupt nicht leiden. Und jetzt sollte sich alles ändern? Gleich würde sie es erfahren.

„So eines hatte meine Mutter. Papa hatte es ihr gekauft."

Behutsam hob Monique ein wunderschönes Dirndlkleid heraus und betrachtete es ehrfurchtsvoll. Sie blickte zurück zur Bäuerin, die dicht hinter ihr stand.

Die Bäuerin nickte. „Vor Jahren habe ich es getragen. Jetzt pass' ich nicht mehr rein. Vorher gehörte es meiner Mutter." Monique hielt das Dirndl in der Hand und fixierte ihren Blick darauf. „Und die hatte es von ihrer Mutter. Und du bekommst es von mir, Moni."

„Ich bekomme es?" Moniques Finger zitterten, als sie über den edlen Stoff des Kleides glitten. Sie musste aufstehen. Ihre Hände betasteten die filigranen Stickereien. Sie drehte sich zur Bäuerin. Da stiegen ihr die Tränen in die Augen.

„Woher weißt du, Bäuerin, dass ich mir so sehnsüchtig ein solches gewünscht habe?"

„Ich bin doch nicht blind, Monique. Und außerdem kenne ich eine bestimmte Verkäuferin aus Viechtach ganz gut."

„Darf ich es anprobieren?"

„Ja, aber das machen wir später. Die Arbeit darf nicht liegen bleiben! Das solltest du dir merken, wenn du einmal Bäuerin werden willst!"

„Bäuerin?", staunte sie.

„Ja. Mach den Schrank auf, Moni!"

Monique ging auch noch zum Schrank und drehte den Schlüssel, der darin steckte, um. Es fiel ihr leicht. Doch ihr Herz pochte, natürlich nicht so heftig, wie wenn sie Fritz küsste, doch heftig genug, dass die Bäuerin sie hätte hören können, wenn sie direkt neben ihr gestanden hätte. Große Augen und in ihren Pupillen nur noch Fragezeichen. War es das Glücksgefühl, von ihrer Tante endlich akzeptiert zu werden, was doch sicher auch mit sich bringen würde, dass sie auch gegen ihre Verbindung mit Fritz nichts mehr einzuwenden hätte? Moniques Beine waren weich wie Quark, doch sie hielten stand.

Die Bäuerin kam nun auch zum Schrank. Beide warfen einen Blick hinein. An der Seite waren ordentlich aufgeräumte Tücher und Stoffballen aufbewahrt, alles, was eine Frau als Mitgift in die Ehe mitbrachte. In der Mitte hingen herrliche Kleider, Dirndl aus frohen leuchtenden Farben und leichteren Stoffen, bestehend aus Bluse, Kleiderrock und Schürze, und ein schönes Samtkleid-Dirndl mit Schürze.

Die Bäuerin griff mit ihrer Hand in den Schrank hinein und holte ein Brautkleid heraus. Es war grün und mit Stickereien versehen – eine wunderschöne Tracht. Herrliche Farben glänzten darauf, und Monique sah, wie gut es gearbeitet war. Es war ein Traum.

Die Bäuerin hielt es Monique an den Körper. Eine Generalanprobe nach Augenmaß – und es passte.

„An dem Tag, an dem du Bäuerin wirst, brauchst du das hier", meinte die Bäuerin.

Moniques feuchte Augen fingen zu funkeln an. Völlig überrascht betastete sie das Brautkleid. Doch die Bäuerin zog ihr das Kleid wieder weg.

„Heut' ist noch nicht der Tag. Dann nämlich ist es deines. Was hattest du dir merken sollen?"

„Dass die Arbeit nicht warten darf", wusste Monique.

„Genau. Aber wenn du Fritz heiraten willst, ziehst du jetzt schleunigst dein neues Dirndl an, gehst zu ihm und bestellst so bald wie möglich das Aufgebot, bevor ich es mir wieder anders überlege."

Monique erfasste ein Freudentaumel. „Ja, ja“, schrie sie auf.

Überglücklich nahm sie das Dirndl und lief zur Tür.

„Vorsicht! Dein Fuß“, bemerkte die Bäuerin, erstaunt über Moniques Spontanheilung.

„Der tut mir nicht mehr weh“, sagte Monique freudestrahlend.

An der Tür blieb Monique noch einmal kurz stehen und schaute die Bäuerin mit Tränen in den Augen an.

„Danke“, sagte sie leise.

Die Bäuerin nickte, und der Ansatz eines Lächelns wurde in ihrem Gesicht erkennbar.

Monique hatte das Dirndl bereits angezogen und stieg langsam die Stiege hinunter. Trotz der großen Freude tat ihr der Fuß noch etwas weh.

Auf dem Gang kam ihr Onkel Hans entgegen. Sie humpelte zu ihm und umarmte ihn überschwänglich.

„Was ist denn, Monique?“

„Ich muss zu Fritz.“

„Ja, er hat mich schon um deine Hand gebeten. Meinen Segen habt ihr!“

„Was? Das hat er mir gar nicht gesagt. Ich...“

Sie ließ ihn los, warf ihm mit der Hand einen Kuss zu.

„Komm aber zur rechten Zeit wieder, Moni!“

„Mach' ich.“

Sie verschwand durch die Haustür. Der Bauer sah seiner Monique nach, und da stand auch schon seine Frau neben ihm.

„Kaum ist sie unsere Tochter geworden, verlieren wir sie“, sagte sie mit freundlicher Stimme.

Jetzt drehte er sich langsam um und sah die Bäuerin vor sich.

„Ja, aber sie weiß es noch gar nicht“, gestand er.

„Wann wirst du es ihr sagen?"

„Das eilt nicht. Sie ist frisch verliebt, hat jetzt bestimmt den Kopf voller Pläne und wird heiraten. Ich werde den richtigen Zeitpunkt schon wählen. Jetzt würde sie das zu sehr verwirren."

„Sie ist bereits verwirrt", meinte sie.

„Hm?" Er sah für einen Moment zu Boden und grübelte vor sich hin.

„Sie hat soeben erfahren, dass sie eines Tages Bäuerin auf dem Hof wird." Sie lächelte ihn zufrieden an.

„Ja, da wäre ich sicherlich an ihrer Stelle genauso durcheinander", zwinkerte er ihr zu.

Monique stand vor der großen Halle des Schwaiger'schen Sägewerks und wartete auf Fritz. Das ohrenbetäubende Geräusch der Sägen tönte aus der Halle, sodass sie sich am liebsten die Ohren hätte zuhalten wollen, doch dann entschloss sie sich hineinzugehen, sie wusste: Um diese Zeit würde er hier arbeiten.

Langsam schritt sie durch die Halle. Links und rechts von ihr lagen große weiße Säcke herum, und auf dem Boden waren meterhohe Haufen Sägespäne verteilt. Der große Raum war getrübt von Staub und Holzpartikeln, die durch die Hallenluft wirbelten und sich zu einem surrealen Nebel vereinigten. Je weiter sie in die Halle kam, desto stickiger wurde die Luft. Monique näherte sich der großen Maschine, die dafür geschaffen war, die Bäume zu zerlegen. Da stand ein junger Mann, der ihr fremd war und doch nah, denn er hatte etwas an sich in seiner Art, das ihr bekannt war und nicht fremd. Dieser Mann, der da an der Maschine stand, schien sie zu erwarten.

Als er Monique sah, schaltete er die Maschine ab. Monique, die eigentlich Fritz dort vermutet hatte, ging auf diesen Mann zu. Sie erkannte sofort, dass es Fritz' Bruder sein musste. Er sah Monique nur kurz von oben bis unten an. Dann blickte er ihr ins Gesicht. Sein nachdenklicher Blick verriet nichts Gutes.

„Bist du die Monique?“, fragte er

„Bist du der Bruder von Fritz?“

„Ja, bin ich. Du bist sicher wegen Fritz da?“

„Ja, ich muss ihn unbedingt sprechen! Es ist ja so wichtig!“ Ihre Stimme schwoll an.

Doch Fritz' Bruder machte nicht gerade einen fröhlichen Eindruck, vielmehr blickte sie in eine düstere Miene. Und mit ihrer Vermutung lag sie nicht falsch. Es war etwas passiert.

„Fritz kann jetzt nicht, egal wie wichtig dein Grund ist“, erklärte der Bruder.

„Wieso?“, fragte Monique. Sie spürte, dass etwas nicht stimmte oder etwas Schlimmes im Anzug war.

„Sein bester Freund liegt im Sterben.“

Monique war geschockt, ihr Gesicht lief kreidebleich an. Dann senkte sich ihr Blick langsam zu Boden. Es betraf Max. Sie litt, obwohl sie Max nur seit Kurzem kannte, doch auch Fritz kannte sie noch nicht länger. Außerdem war Max ein freundlicher und sympathischer junger Mann, Fritz' bester Freund, und wenn ihren Fritz etwas schmerzte, würde Monique diesen Schmerz mit ihm teilen.

20. Kapitel

Der Herbst zeigte sich von seiner schlechtesten Seite. Ein Monat war vergangen, seit Max infolge der Messerstecherei im Goldenen Ochsen gestorben war. Es regnete in Strömen.

Monique und Fritz hatten sich gemeinsam auf den Weg zum Friedhof gemacht. Der kleine Hügel, welcher durch das Augraben und Zuschütten entstanden war, bekundete, wie frisch der Verlust ihres Freundes war. Am Kopfende war ein schlichtes hölzernes Grabkreuz aufgestellt, wie es viele an diesem Ort gab. Sein spitzes Ende ragte zwei Hand breit in den Boden.

Monique trug einen großen schwarzen Regenschirm. Langsam und nachdenklich schritten Fritz und sie an den Gräbern vorbei. Und sie blieben vor dem einen Kreuz nun stehen.

Monique schloss ihren Schirm. Beide beteten andächtig vor dem zum Grab aufgehäuften Erdhügel, der letzten Ruhestätte von Max. Sie war mit Blumen, Kränzen und Gestecken geschmückt.

Als Fritz die Hände aus dem Gebet löste, reichte ihm Monique sanft ihre Hand und versuchte ihm auf diese Weise Trost zu spenden. Sie sah ihm genau an, wie sehr es auf sein Herz drückte, wie ihn der Verlust schmerzte, und sie fühlte seinen Schmerz. Ihr reichte seine Hand, die sie fest hielt und drückte, um festzustellen, was mit Fritz los war.

Schließlich bekreuzigten sich beide und verließen den Ort der Trauer. Sie machten sich auf den Weg nach Hause zu Fritz, aufs Anwesen der Familie Schwaiger direkt auf dem Sägewerksgelände.

Dort angekommen, führte Fritz sie gleich ins Büro. Er wollte mit ihr zu seinem Vater, um über eine wichtige Angelegenheit zu sprechen. Er hatte Monique nicht davon erzählt.

Sie betraten das Büro und standen nun vor einem schweren, massiven Holztisch. Zwischen den stabilen Beinen des Tisches befanden sich zwei Beine eines Mannes – ein gesundes Bein und ein schmäleres, ebenso steif und hart wie Holz. Es war der alte Schwaiger, der Inhaber des Sägewerkes, Fritz' Vater. Er trug eine Brille und schrieb gerade Rechnungen mit einem kleinen alten Bleistift.

Demonstrativ gingen eine weibliche und eine männliche Hand eine Verbindung ein. Die jungen Leute machten sich dadurch Mut, und Fritz' Vater sollte gleich bemerken, ohne einen Hauch von Zweifel aufkommen zu lassen, dass beide zusammengehörten und untrennbar waren. So standen sie nun vor Schwaiger senior. Als der alte Schwaiger zu ihnen aufblickte, begann Fritz zu reden:

„Vater, ich muss dringend mit dir sprechen."

Der Vater sah sich seinen Sohn an, legte seinen Bleistift zur Seite und hörte ihm zu.

„Das ist Monique", sprach Fritz, „Monique und ich lieben uns, Vater."

Sein Vater nahm die Brille ab und betrachtete das Mädchen.

„Kurzum, Vater, Monique ist die Frau, die ich heiraten werde."

Es ratterte sichtlich im Gehirn des alten Schwaiger.

„Monique, du bist das Mädel vom Mayerhof?", fragte er nach einer kurzen Weile.

„Ja, Herr Schwaiger. Herr Mayerhofer ist mein Onkel."

Fritz' Vater stand auf und schien weiter nachzudenken. Dabei observierte er Monique genau.

„Ich kannte deinen Vater und deine Mutter."

Fritz schaute seinen Vater etwas seltsam an, denn er erinnerte sich an die Worte der Bäuerin Mayerhofer.

„Wie gut kanntest du Moniques Eltern?", fragte er ihn.

„Doch, sehr gut. Schlimm, Monique, schlimm, Monique, das mit deinen Eltern. Vor allem deine Mutter...", fiel dem alten Schwaiger ein.

Fritz wurde stutzig, und er starrte seinen Vater an. Dann wandte er sich Monique zu.

„Monique, möchtest du kurz draußen warten?", bat er sie.

Monique ließ ihren Blick kurz auf Fritz ruhen. Sie dachte sich schon, es müsse einen triftigen Grund dafür geben, dass er sie nach draußen bat, denn sie hatten eigentlich keine Geheimnisse voreinander. Also ging sie wortlos nach draußen.

Als die Türe ins Schloss gefallen war, murmelte der alte Schwaiger vor sich hin: „Sie sieht ihrer Mutter unglaublich ähnlich. Sie war so schön wie sie. Diese Ähnlichkeit..."

„Vater, wie gut kanntest du Moniques Mutter?"

Fritz' Vater war in Gedanken versunken und stützte sich auf dem Schreibtisch ab. Er hielt die Brille noch in der Hand. Doch jetzt atmete er einmal schwer durch und ließ die Brille auf den Tisch gleiten. Es belastete etwas sein Herz, und das schon seit vielen Jahren.

„Warum fragst du mich, Fritz?"

„Vater, ich muss es wissen! Ich will Monique zur Frau nehmen. Und da existiert das Gerücht, dass du mit Moniques Mutter..."

Die Augen seines Vaters versteinerten. „Nein, Fritz", brach es aus ihm heraus, „ich war Moniques Mutter ein guter Freund. Ich liebte Francine, aber sie entschied sich für ihn, den Vater von Monique. Und glaube mir, Francine war eine hochanständige Frau, die nie fremdgegangen wäre."

Beide sahen sich tief in die Augen, als sein Vater weiter ins Detail ging.

„Ein Engel! Obwohl sie viele gern gewollt hätten. Wenn Monique nur halb so ist, wie ihre Mutter war, dann darfst du dich mehr als glücklich schätzen."

Fritz fiel ein Stein vom Herzen. Erleichtert rückte er nahe zum Tisch auf.

„Heißt das, ich habe dein Einverständnis, Vater?"

„Ja. Du bist alt genug, Junge. Jetzt musst du dich entscheiden. Hast du dir schon überlegt, wie eure Zukunft aussehen soll? Was soll aus dem Sägewerk werden? Du weißt, ich wollte, dass du es übernimmst."

„Ich habe mit Monique gesprochen und ich habe mich entschieden. Ich verzichte auf das Sägewerk zugunsten von Franz und werde mit Monique den Mayerhof übernehmen."

Was die Schwaigers nicht wussten: Monique horchte draußen vor der Tür. Das war zwar nicht damenhaft, aber da sie unbedingt wissen wollte, was da drin ohne sie Wichtiges besprochen wurde, war dies eine notwendige Maßnahme. So presste sie ihr Ohr fest gegen die Tür.

Fritz erzählte seinem Vater weiter von seinen Plänen mit Monique. „Der Mayerhofer wird ihn uns überschreiben. Das hat er mir gesagt. Er möchte nämlich, dass der Hof weiterexistiert. Und er möchte ihn somit Monique übergeben."

„Seiner Tochter", rutschte es seinem Vater heraus. Zwei Worte, die ihm plötzlich und ungewollt über die Lippen gekommen waren. Ein lang eingesperrter Gedanke, der ihm entflohen war – ausgerechnet jetzt.

Fritz war perplex. Wie paralysiert stand er vor seinem Vater. Er konnte dessen Aussage, die so kurz und unerwartet gewesen war, noch gar nicht fassen, und so fragte er nach:

„Seiner Tochter?"

Monique erschrak an der Tür. Doch sie riss sich zusammen und blieb mucksmäuschenstill, obgleich ihr Körper vor Aufregung zitterte. Sie musste versuchen, ruhig zu bleiben.

Der alte Schwaiger setzte sich hin und griff nervös nach seiner Brille. Er versuchte, der Frage seines Sohnes auszuweichen.

„Nein, äh...", stotterte er.

„Du hast gesagt seiner Tochter. Ist Monique seine Tochter?", fragte Fritz ihn nochmals und nun mit mehr Nachruck. Woher wusste sein Vater das, und stimmte es überhaupt?

Der alte Schwaiger ließ die Brille wieder los.

„Um Gottes Willen, Fritz! Sag das bloß niemandem", ermahnte er ihn. „Es ist ein Geheimnis. Außer Francine wussten nur noch der wirkliche Vater und ich davon."

Fritz starrte seinen Vater an.

„Sie hat es mir einmal in einer schwachen Stunde anvertraut. Du, jeder Mensch begeht einmal einen Fehler...", verriet er.

„Du hast sie wohl sehr geliebt?"

„Leider war ich nur ihr bester Freund", gestand er. „Mehr empfand sie wohl nicht für mich."

„Ich werde Monique nichts davon erzählen."

Fritz' Vater war sehr aufgeregt und wirkte verkrampft. Seine Wangenknochen traten hervor, und er bat seinen Sohn: „Gut Fritz, du darfst es ihr nicht sagen. Ich habe es Francine versprochen, das auf keinen Fall preiszugeben. Kein Wort, Fritz, zu niemandem! Und jetzt hol deine Zukünftige rein!"

Fritz nickte. Wortlos ging er zur Tür und öffnete sie. Doch Monique war nicht mehr da. Sie war spurlos verschwunden. Entsetzt drehte er sich um und sah mit fragendem Blick seinen Vater an.

„Sie ist weg! Sie muss alles mitgehört haben."

Fritz stand wie angewurzelt da, er wusste nicht, was er jetzt tun sollte.

„Lass sie! Ich hab' das Gefühl, sie wird das Richtige tun", sagte sein Vater und riet ihm, sie vorerst in Ruhe zu lassen. Denn wenn sie alles gehört hätte, meinte er, müsse sie nun ganz für sich allein sein und benötige Zeit und Ruhe. Sie würde sich schon wieder beruhigen.

Doch hatte er wirklich recht? Wie würde Monique diese Neuigkeit aufnehmen?

Nahezu orientierungslos und unter Schock befand sie sich auf einem Feldweg. Sie wusste nicht, wohin dieser sie führen würde. Sie wollte nur noch weg, versuchte zu laufen, doch in dem Trauma, in welchem sie sich befand, war ihr das gar nicht mehr möglich. Sie taumelte wie eine Betrunkene. Monique hatte geweint, und der Rest ihrer Tränen steckte immer noch in ihren Augen. Völlige Verwirrung.

Sie hatte in ihren jungen Jahren schon so vieles wegstecken müssen, und alles hatte sich unter ihrer Haut versteckt, im Laufe der Zeit tief in ihrer Seele angesammelt, und nur ihr Wille, ihr starker Geist und die ihr von der Natur gegebene fröhliche Gesinnung hatten sie immer davor bewahrt zusammenzubrechen. Sie war es gewohnt, durchzuhalten – egal, was auf sie einstürzte. Doch nun stand sie vor einem Abgrund. Zumal ihr Unterbewusstsein nichts mit dieser neuen Nachricht anfangen konnte. Ihre Eltern und der Glaube waren immer ihre Stützen gewesen. Und jetzt brach die eine weg. Alles fiel wie eine Brücke in sich zusammen. Das sprichwörtlich bis zum Strich gefüllte Fass war nicht nur übergelaufen, sondern Monique hatte das Gefühl, der ganze Fassboden war durchgebrochen.

Ihr starrer Blick verriet ihren seelischen Zustand. Hätte sie jemand so gesehen, wäre sie bestimmt in einem Irrenhaus gelandet, wie man das schlicht ausdrückte. Oder man hätte sich von ihr ferngehalten, denn man fürchtete Menschen, die so daherkamen. Denn was ein Schock war, wusste man nicht, und seelisch kranke Leute galten auf dem Land schlicht als verrückt. Würde man einem solchen zu nahe kommen, könnte Schlimmes passieren: Denn „Narrische", sagte man, solle man stehen lassen, sonst packen sie dich an!

Fritz hatte Monique bis zum späten Nachmittag gesucht, doch die Suche blieb ohne Erfolg. So machte er sich schließlich auf den Weg zum Mayerhof.

Die Tür flog auf. Fritz stürmte hinein in die Wohnstube der Mayerhofschen. Bauer und Bäuerin Mayerhofer waren anwesend und richteten ihre überraschten Blicke auf ihn.

Fritz fragte aufgeregt: „Ist Monique bei euch?"

Die Bauern waren verdutzt, denn sie dachten, dass Monique den Tag mit Fritz verbracht hätte. Die Bäuerin schien eher verärgert als besorgt zu sein, und so fragte sie ihn, ob sie denn wieder einmal davongelaufen sei.

So wandte sich Fritz lieber gleich an den Bauern, der, wie er wusste, Moniques leiblicher Vater war, und sprach ihn an.

„Du, Mayerhofer, Monique weiß jetzt alles!"

„Was?"

„Mein Vater hat mir erzählt, dass Monique deine Tochter ist!"

Der Bauer war sprachlos und musste erst mal auf dem Stuhl Platz nehmen.

„Und Monique hat alles mitgehört."

Mayerhofer nahm sich zusammen und raffte sich wieder auf. „Wo ist sie jetzt?"

„Ich hab' gehofft, dass sie bei euch ist. Darum bin ich da."

Keiner konnte ahnen, was sich kurze Zeit zuvor abgespielt hatte.

Monique taumelte noch den Feldweg entlang, da erschallten aus dem Hintergrund auf einmal Hufenschlagen und das Klappern eines Pferdegeschirrs. Dazu mischte sich das Geräusch von Holzrädern, die sich mit Bodenkontakt um die Wette drehten. Doch Monique schien von alldem nichts wahrzunehmen.

Vor ihr tauchte jetzt der Pferdefuhrwagen auf, kam ihr direkt entgegen. Sie sah nur verschwommene Bilder vor sich. Sie ging direkt auf ihn zu und schien ihn gar nicht zu sehen.

Der Wagen kam immer näher. Die Pferde scheuten. Monique wurde schwarz vor Augen. Im letzten Moment gelang es dem Fahrer gerade noch auszuweichen, doch er streifte sie, und Monique stürzte zu Boden.

Der Fahrer trug einen Pelz und hatte einen Hut auf. Als er vom Wagen heruntergesprungen war, lief er zu Monique hin, die regungslos am Boden lag.

In Panik schrie er sie an: „Mein Gott, das wollt ich nicht! Fehlt dir was?"

Die tapfere zarte kleine Elsässerin stützte sich nun mit den Armen vom Boden ab. Ihr Atem war schwer. Ängstlich sah der Fahrer auf sie herab, traute sich nicht, ihr zu helfen. Sie war durch den Aufprall blutverschmiert, hatte eine Platzwunde am Kopf und war voller Dreck. Nun erhob sie sich langsam, und jetzt erst stützte sie der Fahrer ab.

„Du, geht's wieder?"

Monique nickte geistesabwesend, während der Fahrer in sich hineinmurmelte: „Das hätte jetzt gerade noch gefehlt vor der Bürgermeisterwahl."

Dann wandte er sich dem Unfallopfer zu und redete auf sie ein: „Du, das bleibt doch unter uns, oder? Das braucht niemand zu wissen! Schau, dafür hab' ich ganz was Besonderes für dich!"

Monique sah ihn schwach an, als würde sie ihn nur als Silhouette wahrnehmen, und es war fraglich, ob sie überhaupt ein Wort verstanden hatte. Gerade, dass sie sich auf den Beinen halten konnte.

Der Fahrer stieg auf den Wagen, öffnete einen Leinensack und zog eine Tafel Schokolade heraus.

„Schau, so was hast du, vermute ich, noch nie gegessen", versicherte er ihr. „Das ist etwas ganz Feines!" Er drückte ihr die Tafel fest in die Hand. „Die isst du jetzt! Wird dich stärken! Aber den Vorfall vergessen wir – brauchst du niemandem zu erzählen!"

Hastig, aber mit erleichtertem Gewissen stieg er zurück auf den Wagen, schrie die Pferde an, knallte mit der Peitsche – und schon war er weg.

Monique stand benommen auf dem Feldweg, nahm die Tafel Schokolade gar nicht wahr, ihre rechte Hand hielt diese süße Versuchung gerade so. Da fiel sie wie ein Stein zu Boden.

Schon lange war es nicht mehr so still auf dem Mayerhof gewesen.

Der Bauer, die Bäuerin, die Magd, der Knecht sowie Fritz saßen in der Wohnstube am Ecktisch. Die Petroleumlampe auf dem Tisch erhellte den Raum und flackerte aufgeregt vor sich hin. Das Essen stand bereits seit längerem auf dem Tisch. Die Minuten verronnen, oder waren es gar Stunden – niemand von ihnen hatte sie gezählt. Denn Moniques Stuhl war leer. Nur das Ticken der Wanduhr war aus dem Hintergrund zu hören.

Der Topf in der Mitte des Tisches war gefüllt. Nur Hilde nahm sich mit einem Löffel das Essen aus dem Topf. Fritz und der Bauer sahen sich an. Ihre Blicke trafen sich.

„Ich geh' noch mal raus!", sagte Fritz.

Und er schob seinen Körper nach oben. Der Bauer erhob sich ebenfalls vom Stuhl. Beide gingen an die Tür. Die Bäuerin starrte den beiden hinterher. Kein Wort wagte sich aus ihrem Mund.

„Wartet! Ich komm' auch mit!", schloss sich Albert den beiden an.

Die Bäuerin und die Magd blieben allein zurück – und Moniques leerer Stuhl.

Nur der Mond beleuchtete die Nacht – und ein Fahrradlicht den Feldweg. Ein Mann mit Hut und in schwarzem Priestergewand war gerade mit seinem alten Rad auf dem Feldweg unterwegs.

Jetzt sah er im Dunkeln einen regungslosen Körper im Graben liegen. Er hielt an. Es war die Elsässerin vom Mayerhof. Schnell stellte er sein Rad ab und lief besorgt auf den Graben zu. Er bückte sich und kümmerte sich um Monique. Das Mondlicht leuchtete ihm.

Der Himmelstrabant erhellte treu und zuverlässig die Nacht und beleuchtete unter anderem auch eine schmale Holzbrücke, die wenige Kilometer vom Mayerhof entfernt war. Dort suchte Fritz gerade nach Monique, denn er erinnerte sich, dass sie da einmal gemeinsam gebadet hatten.

Hinter einem Baum, der sich an die Brücke anschloss, verbarg sich eine Menschengestalt, nicht sichtbar für den jungen Schwaiger. Gerade hatte Fritz die Brücke überquert, da sprang im Schutze der Dunkelheit die menschliche Gestalt hinter ihm hervor. Es war Hans Dorfner, dessen kräftige Arme Fritz nun spüren musste.

Dieser setzte die Armbeuge von hinten blitzschnell gegen Fritz am Hals an und drückte Fritz' Kopf fest in seine Richtung. So würgte Dorfner Fritz, während dieser fest im Schwitzkasten steckte und um Luft rang. Verbittert, böse und verbissen war der abscheuliche Gesichtsausdruck seines Feindes.

„Hab' ich mir nicht gedacht, dass ich heut' noch so ein Glück hab'!", meinte er.

Fritz bekam kaum noch Luft und keuchte.

„Wenn ich diese Stimme nicht kenne. Hier hast du dich also versteckt! Der Teufel soll dich holen, Dorfner!"

Was Dorfner anhatte, war zerlumpt, seine langen Haare waren klebrig und er trug einen Vollbart. Er sah völlig verwahrlost aus.

„Vielleicht holt er mich eines Tages, aber vorher erfülle ich mir einen Wunsch, ich dreh' dir die Luft ab!"

Fritz bekam seinen Kopf nicht befreit. Der Druck um seinen Hals fühlte sich an wie eine ausgewachsene Würgeschlange, die sich umso enger um ihr Opfer schlingt, je mehr es sich wehrt.

„Du feiger Hund, hast heut dein Messer nicht dabei?"

„Das brauch ich nicht!"

Hans Dorfner drückte weiter zu, während Fritz versuchte, sich mit seinen Händen von ihm zu befreien. Aber er saß wie in einem Schraubstock fest. Er schaffte es nicht.

Fritz nahm alle Kraft zusammen, taumelte einen Schritt rückwärts und drückte Dorfner fest gegen den Baumstamm, hinter dem dieser vorher hervorgekrochen war. Das reichte jedoch nicht aus, Dorfner hielt ihn immer noch in seiner Umklammerung.

Noch fester drückte Fritz ihn dagegen. Diese Aktion zeigte endlich Wirkung. Dorfner musste die Umklammerung lösen. Schnell packte Fritz Dorfner mit beiden Händen und all seiner Wut im Bauch am Hals und drückte nun seinerseits fest zu und quetschte ihn gegen den Baum. Er würgte den abscheulichen Kerl und schrie ihn mit heiserer Stimme an:

„Das ist für Max!"

Dorfner war nun selbst atemlos: „Ich krieg' keine Luft mehr!", jammerte er. „Hör..."

Fast geistesabwesend vor Wut brüllte Fritz ihn mit erhitztem Kopf an:

„Das ist für Max!"

Fritz starrte ihn nur noch an. Er war so außer sich vor Wut und drückte ihm die Kehle so fest zu, dass Dorfners Kopf schon blau anlief.

Plötzlich ertönte die Stimme des Bauern Mayerhofer, der nun hinter ihm stand. Er versuchte, mit sanfter Stimme beruhigend auf Fritz einzureden:

„Fritz, sei gescheit, lass ihn los!"

Fritz drehte seinen Kopf mit weit aufgerissenen Augen zu ihm um und starrte ihn an. Er hörte auf, Dorfner zu würgen, doch er drückte ihn immer noch gegen den Baum.

„Das ist es nicht wert, Fritz, dass du wegen ihm ins Zuchthaus gehst!", beschwichtigte ihn sein väterlicher Freund und legte ihm eine Hand auf die Schulter.

Fritz ließ Dorfner nun los. Dieser hielt sich zermürbt durch Fritz' Griff den Hals, krachte erschöpft zu Boden und keuchte röchelnd.

Fritz' feuchte Augen verweilten auf dem Bauern, der seinen Blick mit einem ruhigen, gelassenen Augenzwinkern erwiderte. Er wollte auf Fritz beruhigend einwirken, und das schien er zu erreichen. Doch bei beiden würde erst wieder Ruhe einkehren, wenn sie Monique gefunden hätten: Fritz seine zukünftige Braut und der Bauer seine Tochter.

Doch in dieser Nacht schien sich nicht mehr viel Positives zuzutragen. So musste der Bauer ohne Erfolgsnachricht auf seinen Hof zurückkehren, während Fritz weiter die Gegend nach Monique absuchte, bis in die frühen Morgenstunden.

Der Bauer betrat die Wohnstube, gefolgt vom Knecht. Sie sahen bedrückt und betreten drein. Die Bäuerin erhob sich sogleich von der Eckbank und ging auf beide zu. Der Bauer senkte den Blick.

„Maria, wir konnten sie nirgends finden! Hätt' ich's ihr bloß gesagt!", warf er sich vor, sodass es alle hören konnten.

Die Bäuerin starrte ihn an. Sie legte kurz die Handinnenfläche ihrer rechten Hand an seine linke Wange. Streichelte ihren Mann, der keinen Rat mehr wusste.

„Leg dich hin", riet sie ihm, „und schlaf ein bisschen! Du warst die halbe Nacht unterwegs."

Er tat ihr von Herzen leid. Doch ihr Mann schüttelte den Kopf.

„Ich kann doch jetzt nicht schlafen!"

„Dann setz dich wenigstens", meinte sie.

Sie saßen schon eine Weile stumm beieinander, unfähig, sich aufzuraffen und ins Bett zu gehen, als sie plötzlich ein dumpfes Klopfen an der Haustür hörten. Der Bauer sprang auf, schob den erschöpften Knecht zur Seite und rannte zur Tür. Er riss sie weit auf. Vor ihm stand der Pfarrer in schwarzem Priestergewand und seinem schwarzen Hut. Er war ein sehr angesehener Seelsorger im Ort, und sein Wort hatte in der Gemeinde Gewicht. Ein robuster Mann mit Ausstrahlung. Er kannte seine Schäflein in der Gemeinde gut, denn er war einer von ihnen und entstammte auch einer Bauernfamilie. Sein Bruder, der Erstgeborene seiner Familie, hatte den Hof geerbt, und er selbst war Priester und ein guter Vertreter des Herrn auf Erden geworden.

„Na, Herr Mayerhofer, gestatten Sie mir, Ihre Stube zu betreten?"

Der Bauer war überrascht und noch besorgter als vorher: Wenn Hochwürden bei ihnen auf dem Hof auftauchte, konnte das nichts Gutes bedeuten. Monique musste etwas zugestoßen sein. Welchen Anlass hätte es sonst gegeben?

Mayerhofer bat den Pfarrer hinein: „Hochwürden", sagte er mit trockener Kehle und zögerte noch. „Ja, kommen Sie herein!"

Der Pfarrer nahm seinen Hut ab, hielt ihn mit beiden Händen und machte ein paar Schritte in die Wohnstube, ohne dass man ihm ansah, ob er beabsichtigte, Platz zu nehmen, stehen zu bleiben oder gleich wieder zu gehen. Gestik und Mimik verrieten nichts. Er war wohl selbst noch am Überlegen, zu frisch war das, was in dieser Nacht passiert war. Vielleicht wollte er ja nur abwarten, die Reaktion auf diesem Hof sehen und die Bewohner prüfen.

Wenn es eine Prüfung war, so fiel das Ergebnis eindeutig aus. Die Mayerhofschen waren sichtlich aufgeregt. Das Gesicht der Bäuerin sagte aus, dass sie sehr überrascht war, und sie konnte ihren Blick vom Pfarrer nicht mehr abwenden. Der Bauer Mayerhofer kratzte sich am Gesicht, fuhr sich nervös durchs Haar, dann war wieder die Nase an der Reihe – es wirkte fast, als wolle er sie abreißen. Alberts Körperhaltung war steif, doch er bebte am ganzen Leib. Dadurch, dass er versuchte, sein Zittern zu verbergen, wirkte er nur noch steifer.

Doch keiner traute sich, den Pfarrer nach dem Grund seines Kommens zu fragen, denn zu stark war die Angst vor seiner Antwort.

Endlich ergriff der Priester das Wort, schaute allen im Raum noch einmal ins Gesicht, kniff ernst die Augen zusammen und rückte damit heraus, indem er sagte:

„Ihr seid wohl sehr aufgeregt? Eure Monique ist bei mir auf dem Pfarrhof!"

Der Bauer schloss die Augen vor Erleichterung, und auch der Bäuerin fiel ein Stein vom Herzen, ebenso wie

Albert, der einen heftigen Atemstoß herausplatzen ließ. Der Hausherr faltete die Hände und stieß ein „Gott sei Dank!“ aus, während die Bäuerin schon gleich damit beschäftigt war, die Ehre des Hofes und somit auch ihre Ehre wiederherzustellen. Sie wollte doch nie schlecht vor anderen dastehen und schon gar nicht vor dem Pfarrer. Sie dachte auch schon wieder an den Frauenbund, und wenn das mit Monique die Runde machen würde – nein, das musste nicht sein. So hieß es für sie Schadensbegrenzung. Und die Schuld lag nicht bei ihr, sondern eindeutig bei der Elsässerin – auch wenn sie froh war, dass ihr nichts zugestoßen war.

So jammerte sie dem Geistlichen vor: „Uns fällt ein Stein vom Herzen, Herr Pfarrer! Sie ist uns nämlich wieder einmal davongelaufen, müssen Sie wissen! Das macht sie andauernd.“

Da fiel ihr aber ihr Mann ins Wort, er wollte nichts Negatives über Monique hören, sondern mehr über den Zustand seiner Tochter wissen: „Hochwürden, setzen Sie sich, bitte! Wie geht's ihr?“

Der Pfarrer blieb jedoch stehen und ging nicht auf das Angebot ein.

„Nun, ich fand sie gestern am späten Abend in einem Graben.“

„Kommen Sie, wir fahren gleich zu Ihnen auf den Pfarrhof!“

Mayerhofer wollte seinen Hut holen, um Monique abzuholen, doch der Pfarrer verbot es mit einem energischen Kopfschütteln: „Davon würde ich abraten“, sagte er.

Jetzt wuchs wieder die Besorgnis beim Bauern, und seine Nase, an der er mit seinen großen rauen verhornten Fingern fummelte, wurde so richtig rot.

„Warum? Stimmt etwas nicht mit ihr?“

„Sie möchte Sie nicht sehen.“

„Was soll das heißen?“, erwiderte er entsetzt. Er fasste sich auf Herzhöhe an die Brust, und seine Pupillen weiteten sich.

Der Pfarrer richtete seinen Blick kurz zu Boden, hob dann den Kopf an und sprach: „Die Gründe dafür kennen Sie wohl besser als ich. Ich schlage vor, Monique bleibt die nächste Zeit bei mir auf dem Pfarrhof, um sich von allem zu erholen, und dann sehen wir weiter, Herr Mayerhofer!“

Ein zaghaftes Kopfnicken des Bauern. Er wirkte überhaupt nicht erfreut über den Vorschlag des Geistlichen, im Gegenteil. Doch fügte er sich. Was hätte er auch tun können?

„Ich finde, sie macht es sich zu leicht...“, nahm sich die Bäuerin jetzt das Wort, doch es verpuffte und prallte einfach am Pfarrer ab, der die Bäuerin streng ansah, die buschigen Augenbrauen hob und schwieg. Sein Schweigen konnte mehr sagen als jedes Wort.

Das machte die Mayerhoferin noch verlegener, und sie plapperte drauflos: „Wir bekommen vor Aufregung um das Kind kein Auge mehr zu, und sie will uns nicht mehr sehen.“

Der Bauer, der in Gedanken versunken war, widersprach weder ihr noch dem Pfarrer. Er griff nach seinem Hut und verließ die Wohnstube.

21. Kapitel

Vier Wochen waren vergangen.

Monique hatte sich auf dem Pfarrhof eingelebt, hatte sich erholt, und Hochwürden war auch sehr zufrieden mit ihr. Denn sie war fleißig und mittlerweile eine große Hilfe in allen Belangen, was das Pfarramt betraf. Natürlich traf sie auch, wenn die Zeit es zuließ, ihren Fritz, denn schließlich waren sie einander nicht nur versprochen, sondern es stand schon fest, dass sie heiraten würden – und auch der Pfarrer war damit einverstanden. Doch oft dachte sie mit Wehmut an den Mayerhof, auf dem sie seit jener Nacht nicht mehr aufgetaucht war, an die Tiere, an Albert und an den Bauern. Bis zu diesem Tag hatte sie nichts mehr von ihrem Onkel, der eigentlich ihr Vater war, gehört.

Monique wischte gerade mit einem Lappen den Esstisch ab. Sie war sehr schön eingekleidet, trug ein hübsches dunkelblaues Dirndlkleid mit hochgeschlossenem Kragen – schließlich war ja auch Sonntag. Die Wohnstube des Pfarrers war mit dunklem Eichenholz getäfelt, und ein großes hölzernes Kreuz, an dem ein geschnitzter Herrgott hing, war an der Wand befestigt. Es war aus einem einzigen Holzstück geschnitzt worden und schon ein paar hundert Jahre alt.

Gerade betrat ihr Verlobter Fritz den Raum. Monique drehte sich um, und als sie ihn sah, lief sie auf ihn zu und fiel ihm um den Hals.

„Oh, Fritz!", freute sie sich über alle Maßen.

Doch dieser wurde gleich ernst, drückte sie sanft von seiner Brust weg und fragte sie: „Monique, willst du nicht wissen, wie es deinem Vater geht?"

Ein Stimmungswechsel folgte. Stille. Sie wurde nachdenklich, ernst, und eine kühle Stimme gab ihm zur Antwort: „Mein Vater, der ist tot." Sie löste die Umarmung, blieb aber bei Fritz stehen und sah zu ihm auf. „Wenn du meinen Onkel meinst, interessiert es mich nicht."

Sie wandte sich von ihm ab, indem sie ihm den Rücken zeigte und ein paar Schritte durch den Raum schritt, nicht weil etwas zwischen ihre Liebe geraten wäre, sondern weil dieses Thema für sie nicht gut war. Sie wollte und konnte einfach nicht darüber sprechen, über ihren Vater.

„Wenn wir heiraten, möchte ich, dass ihr euch aussöhnt."

„Das kann ich nicht."

„Warum nicht? Sei doch froh darüber, dass du einen Vater hast, und der Mayerhofer ist doch kein schlechter Mensch. Du hast doch immer so geschwärmt von ihm. Er hat uns zusammengebracht. Erinnerst du dich?"

Monique drehte sich wieder zu Fritz um. „Ach, Fritz!", seufzte sie. „Wie stellst du dir das vor? Weißt du, was du von mir verlangst? Ich habe eine Mutter und einen Vater – und ich trage die Erinnerung an sie fest in meinem Herzen."

„Und jetzt kennst du deinen leiblichen Vater, Monique. Gib ihm doch eine Chance!"

„Fritz, das ist nicht so einfach. Ich kann es nicht."

„War er nicht gut zu dir?"

„Als Onkel mag er nett sein. Ein netter Onkel eben. Aber warum hat er es mir nicht selbst gesagt? Ja, ich war seine brave Nichte, eine brave Magd, die liebe Nichte Moni. Und so hat er mich nur genannt, wenn sie nicht in der Nähe war. Sag, Fritz, tut das ein Vater? Nein, ein echter Vater hätte zu seiner Tochter gestanden. Nein, er wollte mich nicht! Und jetzt will ich ihn nicht mehr!"

Fritz schwenkte kurz seinen Kopf nach rechts: „Schau aus dem Fenster! Sag es ihm selbst!"

Monique zögerte. Mit zusammengekniffenen Augen ging sie dann doch ans Fenster. Sie öffnete ihre Augen wieder, und ihr Blick schimmerte wie Licht durch die bleierne Fensterscheibe in spitzem Winkel auf einen grob gepflasterten Weg, der in den Pfarrhof führte. Dort entdeckte sie ihren Vater, der da draußen stand und mit tief gesenktem Kopf auf und ab schritt.

Monique durchfuhren in Sekundenschnelle Ströme an ungeordneten Gedanken, die sie zu einer Entscheidung drängen wollten, doch kein Geistesblitz, keine Eingebung, die sie über ihren Schatten springen ließ, war dabei. Sie selbst wusste, dass dies der entscheidende Moment sein würde. Die Bindung zum Mayerhof würde wohl für lange Zeit oder gar für immer abreißen, und damit auch zu allem Guten, was darin war. Und so ließ sie unbeabsichtigt die Sekunden verrinnen.

Sie schaute vom Fenster zu Fritz zurück. Die Tränen steckten in ihren Augen fest.

Fritz' Mimik drückte in etwa aus: „Komm, Monique, gib nach und verzeih ihm!“, und vielleicht wäre das ja der entscheidende Tropfen im Wasserrad gewesen, der alles noch mal in Schwung und somit in Bewegung hätte setzen können, doch auch seine Lippen blieben verschlossen.

Monique ging an den Tisch und wischte ihn nochmals mit dem Lappen ab, starrte den Tisch so an, als müsse er die richtige Antwort parat haben.

„Ich habe zu tun, richte ihm das aus!“, gab sie ihrem Verlobten zur Antwort.

Dieser verließ enttäuscht den Raum. Das Türschloss rastete ein.

Monique konzentrierte ihren Blick aufs Fenster. Langsam legte sie den Lappen aus der Hand und trippelte ans Fenster zurück. Durch die Scheibe beobachtete sie unbemerkt Fritz, wie er mit einer Geste zu ihrem Vater abwinkte und wie dieser sich daraufhin mit gesenktem Haupt aufmachte, den Hof zu verlassen.

Ihr kullerte eine Träne die Wange herab. Wehmütig verzog sie das Gesicht und griff verkrampft an den Fensterhebel, drehte leicht an ihm, ließ ihn jedoch sogleich wieder los. Einmal linste sie noch durch die Fensterscheibe und beobachtete, wie ihr Vater auf dem Feldweg, der sich in die Unendlichkeit zu strecken schien, seinen Heimweg antrat.

22. Kapitel

1923 lag im Bayerischen Wald in Viechtach und Region zu Heilig Abend sehr viel Schnee. Monique, eingehüllt in einen dicken grauen Mantel, war im Auftrag des Pfarrers zu Fuß unterwegs. Ihr Weg führte sie über einen schneebedeckten Feldweg. Links und rechts neben ihr war der Schnee meterhoch aufgetürmt. Mit ihren Stiefeln stapfte sie durch die knirschende, weiße Pracht, die das Vorankommen sehr beschwerlich machte.

Sie vernahm einen dumpfen Hufschlag, übertönt von klapperndem Pferdegeschirr – Monique war dieses Geräusch vertraut. Der Milchfahrer fuhr mit seinem Wagen mit dem Kaltblüter an ihr vorbei und hielt an. Monique war froh über die Begegnung und lief, so schnell es auf diesem Untergrund möglich war, nach vorne zum Fuhrwagen. Dann sprang sie auf den Wagen auf. Der Milchfahrer fuhr wieder los. Doch diesmal gab er Monique die Zügel in die Hand.

„Heut' ist es kalt! Kann mich nicht erinnern, wann wir das letzte Mal so viel Schnee hatten! Lange haben wir uns nicht mehr gesehen, kleine Elsässerin", sagte er.

„Ja, ich habe etwas für den hochwürdigen Herrn Pfarrer zu erledigen."

„So so. Ich hab' gehört, du wirst bald heiraten?"

Monique konzentrierte sich darauf, den Wagen mit den Zügeln zu lenken. Sie zwinkerte ihm freundlich zu: „Ja, du hast richtig gehört."

Der Milchfahrer sah ihr zu und war zufrieden damit, wie sie die Zügel hielt. „Das machst du gut", lachte er. „Ja, wenn ich zwanzig..."

„...Jahre jünger wärst, dann wärst du auch jetzt zu spät dran!" Monique grinste ihn an, als sie diese Bemerkung machte. Der Milchfahrer lächelte zurück.

Als Monique zwei Milchkannen am Wegesrand erblickte, befahl sie dem Pferd durch ein selbstbewusstes, kräftiges „Brrr" anzuhalten. Es waren die Kannen des Mayerhofs.

Der Milchfahrer stieg ab und hob die beiden Kannen auf den Wagen. Monique wirkte unruhig, aufgeregt und nervös. Dem Milchfahrer fiel dies auf.

„Dem Mayerhof geht's nicht so gut. Die Leut' sagen, er wird wohl verkauft werden. Und mit der Gesundheit vom Bauern ist's auch nicht weit her. Sein Herz."

„Nein!" Monique erschrak. Eingefroren ihr Blick, nicht vom kalten Wetter, sondern durch die schlimme Nachricht ihres Begleiters.

Stille. Man hörte den Milchfahrer die Kannen umleeren. Die Eiszapfen an den blechernen Kannen zerbarsten und brachen ab. Da stieß Monique ein zweites „Nein" aus.

„Wenn du noch etwas Wichtiges zu erledigen hast, ich hätte noch ein bisschen Zeit."

Schon sprang Monique vom Wagen herab, packte die beiden nun leeren Milchkannen und schleppte sie mit sich. Sie versank zwar mit ihren Stiefeln im tiefen Schnee, doch sie kämpfte sich durch. Und kurze Zeit später, sichtlich gerührt, stand sie mit den Milchkannen an den Händen vor dem Hof.

Von Weitem erblickte sie schon den Rücken ihres Vaters, der gerade Holz hackte. Vor Aufregung fielen ihr die Milchkannen aus den Händen. Laut schrie sie das Wort „Vater" in seine Richtung. Ihr Ruf hallte durch den Hof.

Der alte Mayerhofer holte gerade mit der Axt aus und erstarrte förmlich mit dieser in seinen Händen, als er

Moniques Stimme vernahm, die ihn als das bezeichnete, was er war. Monique rief noch lauter: „Vater!“ Er schloss seine Augen, und ihm stiegen die Tränen in die Augen.

Langsam ließ er die Axt auf den Holzstock vor ihm niedergleiten. Monique lief nun auf ihn zu. Ihre Augen waren feucht geworden. Ihr Vater drehte sich um, und er sah Monique, seine Tochter, die ihm entgegenlief.

Mit trockener Kehle rief er ihr zu: „Monique! Monique! Moni, mein Kind!“

Seine Tochter lief ihm direkt in die Arme. Sie versank geradezu in ihnen, als er sie damit umschloss, als würde er sie nie wieder loslassen wollen. Er zog sie zu einer großen Umarmung in die Höhe, und ihren Gesichtern sah man an, wie sehr beide von ihren Gefühlen überwältigt waren.

Mayerhofer schossen nun die Tränen aus den Augen. „Monique, meine Tochter!“, sagte er unentwegt vor sich hin, während ihr Kopf fast in der Umarmung ihres Vaters verschwand.

Auch sie weinte sehr: „Warum hast du so lange geschwiegen? Warum?“, fragte sie ihn eindringlich. „Und warum hackst du in der Kälte Holz – du sollst dich nicht…“

„Albert musste ich entlassen“, unterbrach er sie. „Und… Glaub mir, ich wollte es dir sagen! Aber ich hatte deiner Mutter ein Versprechen gegeben. Glaub mir, Monique, ich hab all die Jahre gelitten, eine Tochter zu haben und sie nicht sehen zu dürfen!“

Er nahm ihren Kopf, streichelte ihr zartes Gesicht mit seinen großen Händen und wischte ihr die Tränen aus den Augen. Dabei hatte er doch nassere Augen als sie.

„Ich mach's wieder gut, wenn du mich lässt!“

Er packte sie, als wollte er sie nie mehr aus seinen Händen entgleiten lassen, und schloss sie wieder fest in seine Arme.

„Alle sollen es wissen, dass du meine Tochter bist!“

23. Kapitel

Es war einer der ersten Tage im Frühling – und ein besonderer Tag im Leben von Monique. Denn mit ihm war der Termin der Hochzeit gekommen.

Die ganze Gemeinde hatte sich in der Viechtacher Stadtkirche eingefunden. Monique trug das Brautkleid, welches ihr die Bäuerin vom Mayerhof für diesen Festtag versprochen hatte. Fritz trug eine Tracht, wie sie in der Region üblich war. Blumen schmückten die aufwendig gestaltete Rokokodekoration der Kirche. Weder Kosten noch Mühen waren gescheut worden für die Bauernhochzeit – denn schließlich heiratete an diesem Tag ein Schwaiger.

Auf der sogenannten Herrenseite saßen ganz vorne die Mayerhofers, allen voran ein stolzer Vater. Er strahlte vor Glück, während das Brautpaar am Altar vom Pfarrer bei feierlicher Orgelmusik das Sakrament der Ehe empfing, und auch seine Frau konnte sich ein Lächeln nicht verkneifen.

Monique war von nun an nicht mehr die kleine heimatlose Elsässerin, sondern eine glückliche Frau, denn sie ging ab jetzt mit Fritz gemeinsam durchs Leben. Auch wenn man im Ort noch gelegentlich über sie von der Französin sprach, die sich den jungen, reichen Schwaiger eingefangen hatte – es störte sie nicht mehr. Zwar würde sie ihr Elsass nie vergessen können, doch sie hatte im Bayerischen Wald nun eine zweite Heimat gefunden.

Bereits im Societäts-Verlag erschienen:

Georg Ried

Unter der Bavaria

Musikgeschichten vom
Münchner Oktoberfest

160 Seiten, Pappband
ISBN 978-3-7973-1234-1
24,90 €

Es ist das größte und bekannteste Volksfest der Welt, das Oktoberfest in München. Jedes Jahr, von Ende September bis Anfang Oktober, kommen Millionen Besucher auf die „Wiesn" unterhalb der Bavaria. Da wird getrunken, gegessen und natürlich zu den Klängen der Blasmusik gefeiert. Und das schon seit 200 Jahren. Doch wie hat sich die Musik auf der Wiesn eigentlich entwickelt und welche Wiesn-Hits hat es in den vergangenen Jahrzehnten gegeben?
Was die vielen Musikanten im Laufe der Zeit als Stimmungsmacher in den großen Bierzelten erlebten und worauf sie sich jedes Jahr aufs Neue freuen, davon berichtet Georg Ried, Moderator beim Bayerischen Rundfunk, in diesem Buch: Von der Ammer Hühnerbraterei bis zum Winzer Fändl, von der Münchner Bierrevolution bis zum Fassanstich und vom Hochzeitsfest bis zum Wiesn-Hit. Zusammen mit außergewöhnlich lebendigen Fotografien beweist Georg Ried, dass die bayerische Gastfreundschaft das Oktoberfest zur Mutter aller Volksfeste macht.

Steffi Kammermeier

Was hamma g'essen?

Küchenwissen aus Niederbayern

180 Seiten, Pappband
ISBN 978-3-7973-1155-9
14,80 €

Steffi Kammermeiers Buch eröffnet eine Welt, die es schon lange nicht mehr gibt: das Bayern der Traditionen und der Landarbeit, der handfesten Küche und der kraftvollen Anekdoten. Die Autorin des Bayerischen Rundfunks erzählt mit viel Zuneigung und großem Detailwissen über diese Zeit und die Menschen, die sich noch nach Kirchfesten richteten und auch mal für einen ganzen Hof mit allen Knechten und Mägden kochen mussten. Aus zahlreichen historischen Fotos, alten Rezepten und Geschichten vom Landleben entsteht eine Liebeserklärung an das Bayern der guten alten Zeit.

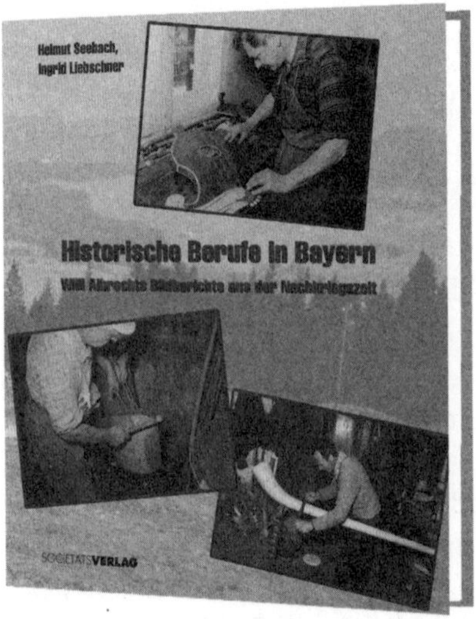

Helmut Seebach,
Irgrid Liebschner

Historische Berufe in Bayern

Willi Albrechts Bildberichte aus der Nachkriegszeit

112 Seiten, Pappband
ISBN 978-3-7973-1236-5
17,90 €

Es ist ein einzigartiges Heimatbuch: Die Bilder von Willi Albrecht lassen das Bayern der 50er, 60er und 70er Jahre in einer ganz besonderen Weise vor den Augen des Betrachters erstehen. Der gebürtige Nürnberger fotografierte bei seinen vielen Reisen durch seine Heimat vor allem Menschen bei der Arbeit und dokumentierte so eine Fülle von Berufen, die längst untergegangen sind. Als Panorama der Nachkriegsgeschichte und des Wirtschaftswunders ist dies ein unschätzbarer Beitrag zur bayerischen Wirtschafts-, Sozial-, Handwerks- und Industriegeschichte.
Ergänzt werden die Fotografien durch kenntnisreiche Beschreibungen der jeweiligen Berufe, durch die der renommierte Heimatkundler und Autor Helmut Seebach die „alten Zeiten" in Erinnerung ruft. Er macht deutlich, dass die Erinnerung an das Handwerk gerade in Zeiten einer globalen und hochtechnisierten Wirtschaft wichtig ist. Zusammen mit den Fotos von Willi Albrecht ist so ein lesenswertes und bildmächtiges Bayernbuch entstanden, das eine ganze Epoche auferstehen lässt.